HOMERE

L'ILIADE

ILLUSTRATIONS DE CLÉMENT·GONTIER

L'ILIADE

HOMÈRE

L'ILIADE

VINGT-QUATRE PLANCHES HORS TEXTE EN COULEURS

de Clément GONTIER

PARIS

HENRI LAURENS, ÉDITEUR

6, RUE DE TOURNON, VIe

INTRODUCTION

C'est seulement dans les dernières années du XVIIIe siècle que s'est posée, pour la première fois, l'étrange et mémorable question de savoir par qui avaient bien pu être écrits les deux poèmes d'Homère. Jusque-là, d'innombrables générations s'étaient pieusement nourries de l'*Iliade* et de l'*Odyssée*, sans le moindre soupçon que ces poèmes ne fussent pas l'œuvre parfaitement authentique d'un vieillard aveugle appelé (ou peut-être surnommé) Homère, qui jadis avait erré de ville en ville et de village en village, à travers la Grèce, toujours prêt à chanter sur sa lyre, en échange d'un gîte ou d'un morceau de pain, tel fragment de son récit de la colère d'Achille ou des aventures du très sage Ulysse. Peu de biographies d'écrivains classiques étaient même aussi abondamment fournies que celle de l'illustre poète en incidents pittoresques et en anecdotes touchantes. On rapportait bien que sept cités grecques s'étaient disputé l'honneur d'avoir donné naissance à Homère, — ce qui attestait évidemment une certaine hésitation concernant le lieu véritable de cette naissance : mais nos pères auraient, je crois bien, préféré admettre que le poète aveugle était né à la fois dans les sept villes susdites, plutôt que de consentir à supposer qu'il n'avait jamais existé. Ne possédait-on pas jusqu'à son portrait, un admirable buste de vieillard dont l'authenticité ne pouvait faire aucun doute, sans compter maintes médailles d'une valeur historique non moins avérée ?

Tout au plus les plus érudits, parmi les nombreux biographes et commentateurs d'Homère, daignaient-ils rappeler en passant la doctrine, éminemment fantaisiste et paradoxale, d'un petit groupe d'anciens philologues de la période alexandrine, suivant lesquels l'*Iliade* et l'*Odyssée* devaient avoir eu pour auteurs deux hommes différents. L'audacieuse opinion de ces hérétiques, connus jadis sous l'appellation collective de *Chorizontes*, s'appuyait, d'une part, sur certaines différences dans la langue des deux poèmes, de l'autre sur certaines contradictions entre leurs données historiques. Par exemple, on alléguait que la femme du dieu Neptune, dans l'*Iliade*, était Charis, et dans l'*Odyssée* Aphrodite ; que le vieux Nestor, qui dans l'*Iliade* avait « onze » frères, n'en avait que « deux » dans l'*Odyssée*; et ainsi de suite. A quoi les « homéristes » orthodoxes s'étaient empressés de répondre que ce n'étaient là que des négligences, trop excusables chez un vieux mendiant aveugle, ou bien encore que lesdites contradictions résultaient de l'erreur de maladroits copistes ou d'« interpolateurs » sans scrupule ; tandis que les objections tirées de la langue des poèmes prouvaient simplement l'ignorance foncière des philologues qui les avaient émises. De telle façon que, bientôt, l'hérésie des *Chorizontes* avait rejoint dans l'oubli celles des *Ariens* et des *Monothélites;* et la figure vénérable du vieil Homère avait continué, de siècle en siècle, à se dresser en un relief vigoureux au-dessus des deux poèmes qu'il avait créés, — telle que l'évoquait encore André Chénier, aux environs de 1790, dans un poème tout imprégné du plus parfait génie « homérique ».

Aussi comprendra-t-on la surprise extraordinaire qu'a soulevée dans le monde entier l'apparition, en l'année 1795, d'un gros et savant ouvrage où l'helléniste allemand F. A. Wolf, dépassant infiniment la témérité des anciens *Chorizontes*, allait jusqu'à nier l'existence d'Homère, et ne voulait voir, dans l'*Iliade* aussi bien que dans l'*Odyssée*, que des œuvres d'une unité tout artificielle, formées d'une foule de fragments divers. L'argument principal sur lequel l'audacieux novateur appuyait cette théorie consistait à soutenir que chacun des deux poèmes était trop long pour avoir pu être composé par un auteur qui, évidemment, à la date où on le faisait vivre, ne devait pas connaître l'art de l'écriture. L'*Iliade* et l'*Odyssée*, disait Wolf, ne peuvent pas avoir tenu dans la mémoire d'un seul homme, si ample et fidèle qu'on l'imagine ; et de là il déduisait un véritable petit roman où il nous montrait un comité d'érudits athéniens s'occupant, sous la présidence du célèbre Pisistrate, à recueillir et à coudre ensemble toute sorte de vieux chants héroïques composés autrefois par des « rapsodes », ou poètes errants, avant l'invention de l'écriture.

Un roman, cette fameuse doctrine anti-homérique de Wolf, en vérité, n'était pas autre chose, et un roman d'autant plus contraire à la vraisemblance historique qu'il reposait sur une grave erreur de fait : car il est quasi certain, désormais, que le ou les premiers auteurs de l'*Iliade* et de l'*Odyssée* savaient parfaitement se servir de l'écriture. Mais il en a été du « geste » révolutionnaire de Wolf comme de maintes autres de ces manifestations qui, insignifiantes en soi-même, ont eu le mérite d'appeler notre attention sur des problèmes dont l'intérêt nous avait échappé jusqu'alors. Bientôt une demi-douzaine de théories différentes se sont élevées, chacune soutenue par une nombreuse école d'hellénistes, et qui, toutes, s'accordaient à considérer le vénérable Homère de jadis comme un personnage légendaire ou « mythique », sauf à se quereller ensuite de la façon la plus aigre touchant l'origine réelle des deux poèmes qu'on se refusait dorénavant à lui attribuer. Il y a eu, par exemple, l'école du *Développement*, suivant laquelle deux poèmes primitifs auraient été, pendant plusieurs générations, indéfiniment grossis d'additions nouvelles ; l'école des *Chants*, celle-là toute proche de la thèse de Wolf, et considérant les deux poèmes comme une sorte d'adaptation, en simples vers à réciter, d'anciens petits poèmes chantés sur les mêmes sujets ; l'école des *Interpolations*, admettant bien l'existence originelle d'une *Iliade* et d'une *Odyssée*, mais dont le texte premier se serait trouvé altéré en maints endroits, ou surtout entremêlé de passages étrangers, par le fait de copistes désireux de corriger et d'embellir à leur gré ces naïfs récits.

Ai-je besoin d'ajouter qu'en opposition à ces diverses écoles il s'en est aussi trouvé une que l'on pourrait appeler celle des « Homéristes », et qui, tout en faisant quelques concessions, — désormais inévitables, — à l'une ou à l'autre des doctrines nouvelles, est restée fidèlement attachée à l'ancienne doctrine d'un seul et même auteur pour les deux poèmes? En fait, peu s'en faut que cette dernière école réunisse aujourd'hui la majorité des hellénistes. Par une de ces réactions dont l'histoire des grands mouvements scientifiques nous offre maints exemples, peu s'en faut que les plus récentes études publiées sur la « question homérique », en France et à l'étranger, aboutissent à nous représenter de nouveau l'*Iliade* et l'*Odyssée* comme l'œuvre d'un unique poète, dont le nom (ou le surnom) pourrait fort bien avoir été Homère, et que rien n'empêche, non plus, d'être devenu aveugle durant sa vieillesse. Ce poète, il est vrai, ne chantait pas ses récits, — car il vivait à une époque où, peut-être précisément sous l'effet d'un usage plus répandu de l'écriture, une poésie simplement « déclamée » venait de se constituer à côté de l'ancienne poésie « chantée ». Et, sur un autre point encore, « homéristes » et « wolfiens » sont dorénavant obligés de s'accorder : à savoir, sur l'existence, dans les deux poèmes tels que nous les connaissons aujourd'hui, d'un certain nombre de changements et d' « interpolations », résultant de refontes ultérieures dont quelques-unes paraissent même n'avoir eu lieu que deux ou trois siècles après la rédaction primitive des poèmes.

Pour ce qui concerne l'*Iliade*, en particulier, l'hypothèse historique la plus vraisemblable peut se résumer de la façon que voici :

Environ 800 ans avant l'ère chrétienne, un poète d'origine éolienne, mais habitant une région où les deux races éolienne et ionienne se trouvaient mélangées, — un poète issu de Chio, par exemple, ou de l'une de ces autres petites îles où la tradition plaçait la naissance d'Homère, — a raconté, dans le dialecte grec particulier à ces régions, l'un des épisodes principaux d'une légende populaire qui jouissait d'une vogue absolument pareille à celle qui chez nous, au moyen âge, s'est attachée à l'histoire légendaire de Roland et des autres « Preux » de Charlemagne. La légende avait pour sujet une grande guerre entreprise autrefois par tous les peuples grecs réunis contre la race, purement asiatique, des Troyens (1). C'était déjà, cette guerre, une véritable croisade, où chacune des petites nations de la Grèce d'Europe et d'Asie avait joué son rôle

(1) L'occasion (ou le prétexte) de cette guerre avait été, comme l'on sait, l'enlèvement de la belle Hélène, femme du roi Ménélas, par un prince troyen, Pâris, fils du vieux roi Priam.

et recueilli sa part de trophées. Agamemnon, Achille, Nestor, Ajax, et Ulysse, chacun de ces héros incarnait, pour les auditeurs ou lecteurs d'Homère, le glorieux passé de telle ou telle cité encore florissante ; et l'on comprend ainsi de quelle profonde signification patriotique était, pour eux, la connaissance du passage particulier de l'*Iliade* qui mettait en scène l'un ou l'autre de ces chefs de l'armée grecque devant Troie.

Entre les événements divers de cette longue croisade, — car le siège seul de Troie avait duré dix ans, — le poète avait choisi l'un de ceux qui pouvaient lui offrir l'occasion des peintures les plus émouvantes, à la fois, et les plus variées. Il avait résolu de raconter cette colère d'Achille qui, après avoir failli compromettre le succès de l'expédition, avait fini par décider du sort de celle-ci en faveur des Grecs, — puisque c'était le désir de venger la mort de son ami Patrocle qui avait conduit Achille, oubliant enfin sa rancune contre Agamemnon, à provoquer et à tuer l'invincible Hector, suprême espoir de la ville assiégée. Mais il va sans dire que, autour de ce sujet dominant, le poète n'avait pas manqué d'introduire, dès l'abord, dans le plan de son œuvre, toute sorte de tableaux épisodiques, se rattachant plus ou moins étroitement à l'histoire de la colère d'Achille, et amenant sur la scène, tour à tour, les plus fameux représentants des autres cités grecques.

La légende de la guerre de Troie avait sans doute donné lieu déjà à d'autres poèmes « déclamés », en plus des nombreux poèmes « chantés » qu'elle avait inspirés : et par là s'explique l'admirable perfection de forme et de fond qui se révèle à nous dans chacune des parties d'un poème qu'avait précédé une longue série d'œuvres moins « finies » et d'un art moins habile. Mais précisément l'*Iliade* avait pour soi cette perfection même, qui ne pouvait manquer de la mettre au-dessus de tous les essais poétiques antérieurs; et ainsi elle s'est aussitôt répandue dans les divers pays de langue grecque, y propageant avec soi l'image et la renommée, plus ou moins fabuleuses, de l'homme extraordinaire qui l'avait produite. Le poème était long, beaucoup trop long dès l'abord pour pouvoir être récité d'un seul trait. Aussi n'en récitait-on que des parties ; et souvent les *rapsodes* qui s'en étaient chargés se permettaient d'introduire dans le texte primitif des passages nouveaux de leur invention, destinés à prouver leur propre talent, ou encore à flatter l'amour-propre local de leurs auditeurs de telle ou telle région. De là, dans la rédaction de l'*Iliade* qui s'est conservée à nous, un certain nombre de morceaux dont le style ou l'accent ne s'accordent pas entièrement avec ceux du reste du poème : sans compter qu'il y a aussi quelques autres morceaux dont le caractère déjà tout « classique » semble bien indiquer une origine à la fois plus savante et moins « primitive », — justifiant l'hypothèse qui attribue ces interpolations à des lettrés d'une époque sensiblement postérieure à celle de la composition première du poème.

Mais rien de tout cela, altérations du dialecte original, changements apportés à certains passages, additions ultérieures de passages nouveaux, rien de tout cela ne saurait diminuer à nos yeux le mérite sans pareil du véritable auteur de l'*Iliade* — que nous pouvons hardiment continuer à désigner sous le nom d'Homère, — ni nous empêcher de reconnaître en lui un des plus merveilleux génies poétiques de tous les temps. Sur ce point-là, les éloges enthousiastes accordés à Homère durant les siècles passés demeurent aujourd'hui aussi parfaitement légitimes qu'ils le paraissaient jusqu'au jour où le trop fameux « pamphlet » de Wolf, en nous faisant concevoir des doutes sur l'ancienne légende du mendiant aveugle, nous a inspiré comme une méfiance secrète de la légitimité de notre admiration pour son œuvre. Aveugle ou non, et de quelque façon que nous nous représentions sa figure, l'homme qui, neuf siècles avant notre ère chrétienne, a conçu et évoqué devant nous des scènes comme la plupart de celles que l'on verra traduites dans ce volume, des scènes telles que la démarche du prêtre Chrysès auprès d'Agamemnon, ou l'invocation d'Achille à sa mère Thétis, ou bien encore le châtiment infligé par Ulysse à l'impudent Thersite, — pour m'en tenir à ces premiers chants du poème, qui sûrement nous sont parvenus à peu près sous leur forme originelle, — un tel homme joignait à la naïve fraîcheur de ses sentiments une divination surprenante des plus intimes secrets de l'art littéraire. Ceux-là méconnaissent tout à fait la véritable grandeur du génie d'Homère qui célèbrent en lui une sorte de « grand enfant », admirable surtout par la manière dont il reflète la naïveté plus ou moins « barbare » d'une civilisation naissante. A cette influence du milieu archaïque où elle s'est produite, l'*Iliade* doit, à dire vrai, pour le moins autant de défauts que de qualités, tandis que sa beauté essentielle n'en dépend nullement, et nous prouve, une fois de plus, l'inexplicable indépendance du génie créateur par rapport à toutes conditions de temps et de lieu. Oui, nous pouvons l'affirmer sans l'ombre de scrupule : l'auteur de ce poème d'il y a presque trois mille ans comprenait déjà la beauté poétique absolument comme l'ont comprise, après lui, un Virgile ou un Racine, voire même un Shakespeare, un Balzac, un Musset. Sous la différence des procédés extérieurs, l'émotion que nous cause son récit des adieux d'Hector à Andromaque ou des supplications du vieux Priam est déjà toute semblable à celle que font naître dans nos cœurs les chefs-d'œuvre les plus pathétiques de ces maîtres modernes ; et à la provoquer en nous Homère emploie déjà des moyens analogues, avec une habileté qui, pour être moins apparente, n'en est certes ni moins subtile ni moins efficace.

Dira-t-on que la naissance d'une œuvre aussi haute, dans un âge relativement barbare, aurait été un prodige, un phénomène échappant aux lois ordinaires de l'évolution intellectuelle des sociétés humaines? En effet, c'est bien là ce qu'a été la révélation de l'*Iliade*: et cela seul peut nous expliquer l'extraordinaire fortune du poème d'Homère. Est-ce que la Grèce du temps de Phidias, de Sophocle, et de Platon, aurait consenti à vénérer pieusement, à adorer ainsi qu'elle l'a fait un poème dont l'origine ne lui serait pas apparue prodigieuse et surnaturelle? Car, malgré tout ce que nous savons de la popularité, dans leurs pays, de la *Divine Comédie*, du *Roi Lear*, ou de *Faust*, nous ne pouvons aujourd'hui nous faire une idée de l'importance bien supérieure du rôle qu'a joué, dans l'histoire de la civilisation hellénique, ce poème que les « wolfiens » voudraient nous représenter comme une « compilation » d'une demi-douzaine d'érudits aux gages de Pisistrate. Non seulement tous les chefs-d'œuvre des poètes aussi bien que des sculpteurs et des peintres empruntaient uniquement leurs sujets à l'*Iliade* et à l'*Odyssée* ; non seulement les enfants des écoles étaient à jamais imprégnés de ces poèmes comme le sont de la Bible, maintenant encore, les enfants de certains pays protestants: c'est vraiment presque à l'égal des Saintes Écritures que les deux épopées homériques ont servi, durant des siècles, à fixer les dogmes principaux et tout le détail théologique de la religion grecque, telle qu'elle s'est ensuite transmise à Rome et à l'immense étendue de l'empire romain. Les dieux et les déesses de cette religion, durant de longs siècles, des milliers d'hommes les ont imaginés d'après la peinture que leur en avait faite le mendiant aveugle qui d'ailleurs, lui aussi, leur apparaissait comme un être divin, ayant droit à recevoir d'eux un culte solennel dans des temples élevés en l'honneur de son génie.

Désormais, il est vrai, le vieil Homère n'a plus de temples, et le jour semble prochain où personne ne lui accordera même plus l'hommage de s'enivrer de beauté en lisant ses poèmes. Mais ceux-ci n'en persisteront pas moins à vivre en nous sans que nous le sachions : car aucune autre œuvre littéraire n'a plus profondément contribué à former, en quelque sorte, l'atmosphère intellectuelle que nous respirons. Ce n'est pas en vain que des générations innombrables ont grandi sous la tutelle de l'antique poète, apprenant de lui leurs plus précieuses notions d'héroïsme moral et de beauté esthétique. S'il est incontestable que l'idéal réalisé dans l'*Iliade* et l'*Odyssée* a été simplement puisé par Homère à une source éternelle, et demeurée toute pareille aujourd'hui à ce qu'elle était il y a trois mille ans, il n'en reste pas moins que peu d'hommes nous ont enseigné autant que lui à comprendre et à aimer cet idéal mystérieux. Jusque dans nos sentiments les plus « modernes », quelque chose se retrouve qui ne nous vient que de lui. Et puisque la lecture de ses poèmes nous est dorénavant rendue malaisée par la hâte d'un âge qui n'a plus le moyen de se divertir à la méditation des longues épopées, il faut au moins que nous accoutumions nos enfants à honorer, ainsi qu'il convient, l'homme merveilleux qui jadis, en racontant à une foule ignorante les exploits d'Achille « aux pieds rapides » et les stratagèmes du « prudent Ulysse », nous a ouvert tout au large les portes d'un univers enchanté d'émotions et de rêves !

T. W.

L'ILIADE

I

Invocation. La colère d'Apollon.

Chant I. — Chante, ô déesse, la colère d'Achille, fils de Pélée, la colère fatale qui causa aux Grecs des douleurs infinies, et précipita dans l'Hadès une foule d'âmes valeureuses de héros, et livra leurs corps en proie aux chiens rapaces et à tous les oiseaux du ciel! Ainsi se trouva accompli le dessein de Jupiter, formé depuis le jour où, pour la première fois, entrèrent en querelle l'Atride Agamemnon, roi des hommes, et le divin Achille.

Qui donc, parmi les dieux, a excité ces deux chefs à se quereller? C'est Apollon, le fils glorieux de Latone et de Jupiter : car, irrité contre Agamemnon, il fit naître dans l'armée une maladie terrible, de telle sorte que les peuples mouraient en foule, et cela parce que l'Atride avait gravement déshonoré le prêtre Chrysès. Celui-ci, en effet, était venu vers les navires rapides des Grecs, afin de racheter sa fille, apportant une forte rançon. Il tenait dans ses mains, autour d'un sceptre d'or, les bandelettes d'Apollon qui lance au loin ses traits ; et il implorait tous les Grecs, mais surtout les deux Atrides, chefs de l'armée (1) : « Atrides, et vous tous, ô Grecs aux belles tuniques, puissent les dieux habitants des demeures célestes vous accorder la faveur de dépeupler la ville de Priam, et de rentrer heureusement dans vos maisons! Mais vous, daignez relâcher ma chère fille ; et recevez ces présents en manière de rançon, par révérence du fils de Jupiter, Apollon, qui lance au loin ses flèches ! »

Alors, tous les autres Grecs, en vérité, approuvèrent, déclarant qu'il convenait d'avoir égard pour le prêtre et d'accepter ses insignes présents :

(1) Les Atrides étaient les deux fils d'Atrée, Agamemnon et Ménélas.

mais la chose ne plaisait point au cœur de l'Atride Agamemnon. Si bien qu'il renvoya durement Chrysès, et l'accabla encore en disant : « Fais en sorte, vieillard, que je ne te rencontre point auprès de nos vaisseaux creux, ni t'attardant à présent, ni revenant plus tard, si tu ne veux pas que le sceptre et les bandelettes de ton Dieu ne te servent de rien ! Et quant à celle que tu réclames, jamais je ne la délivrerai avant que la vieillesse l'ait envahie dans notre maison d'Argos, loin de sa patrie, occupée à filer la toile et à orner ma tente ! Sur quoi, va-t'en, et ne m'irrite point, afin de pouvoir t'en retourner sain et sauf ! »

Ainsi il parla. Et le vieillard fut pris de peur, et obéit à son ordre. Mais il s'en alla, en silence, le long du rivage de la mer sonore ; et le vieillard, ensuite, s'éloignant à l'écart, éleva maintes prières vers le roi Apollon, qu'enfanta Latone à la belle chevelure : « Entends-moi, dieu à l'arc d'argent, qui protèges Chrysès et la sainte Cilla, et qui règnes puissamment sur Ténédos, ô Apollon ! Si jamais j'ai orné pour toi un temple digne de te plaire, ou si jamais j'ai brûlé en ton honneur la chair grasse des taureaux et des chèvres, daigne exaucer ce désir de mon cœur : que les Grecs soient châtiés, par tes flèches, des larmes qu'ils me font verser ! »

Ainsi il dit, en prière. Et Phébus Apollon l'entendit. Le cœur plein de colère, il descendit des sommets de l'Olympe, portant sur ses épaules son arc et son carquois recouvert de tous côtés ; et les flèches vibraient sur son épaule, dans sa fureur, à chacun de ses pas ; et il allait, pareil à la nuit. Puis, s'étant posé au-dessus des navires, il lança ses flèches, et l'on entendit retentir le bruit sonore de son arc d'argent. Tout d'abord il assaillit les mulets, et les chiens rapides ; après quoi, dirigeant sur les hommes eux-mêmes sa flèche amère, il frappait ; et sans cesse brûlaient en foule les bûchers des morts. Pendant neuf jours s'abattirent ainsi dans le camp les flèches du dieu. Mais, le dixième jour, Achille réunit en conseil les chefs de l'armée ; car cette idée lui avait été inspirée par Junon, la déesse aux cheveux noirs, pleine de sollicitude pour les Grecs toutes les fois qu'elle les voyait mourir.

Devant l'assemblée, Achille propose d'interroger le devin Calchas sur le moyen d'apaiser la colère d'Apollon. Calchas, tout d'abord, hésite à émettre un oracle qui risquera de lui attirer la colère du puissant Agamemnon : mais Achille lui promet l'impunité, quoi qu'il puisse dire. Et Calchas, rassuré, dit aux guerriers grecs :

« Ce n'est ni des vœux, ni des hécatombes que réclame de nous le dieu Apollon ; mais il est irrité à cause de son prêtre, qu'a outragé Agamemnon, en même temps qu'il se refusait à lui rendre sa fille et à accepter de lui les présents du rachat. C'est pour ce motif qu'Apollon nous a infligé de grandes douleurs, et nous en infligera encore. Car le dieu ne retiendra pas ses lourdes mains de lancer sur nous le fléau de la peste avant que la jeune fille aux yeux noirs soit restituée à son cher père, et, sans aucun présent en échange d'elle, et puis aussi avant que soit emmené un sacrifice solennel vers Chrysa. A ce prix seulement nous pourrons l'apaiser, et fléchir sa colère ! »

Ayant ainsi parlé, le devin se rassit. Mais alors se leva le héros au large pouvoir, Agamemnon fils d'Atrée. Il était tout troublé, et son cœur débordait de colère, et ses yeux brillants étaient pareils à du feu. Et, d'abord, en jetant sur Calchas un regard haineux, il parla ainsi : « Prophète de malheur, jamais tu ne m'as rien dit d'agréable ! Sans cesse il te plaît d'émettre des oracles sinistres, mais jamais encore tu n'as prononcé une parole de bon augure. Et voici que maintenant, prophetisant parmi les Grecs, tu affirmes que, si Apollon les accable de douleurs, c'est parce que je n'ai pas voulu accepter les insignes présents offerts en échange de la jeune Chryséis, attendu que je préfère, en effet, la garder près de moi !... Cependant, je veux que mon armée soit sauve, plutôt que de la voir périr. Mais il faut, en ce cas, que sur-le-champ vous me prépariez une récompense, pour prix d'un tel sacrifice, afin que, seul des Grecs, je ne sois pas privé de ma part de butin ! »

Agamemnon s'obstine à déclarer, sans vouloir écouter les objections d'Achille, que, si les Grecs ne consentent pas à lui accorder la compensation exigée, lui-même ira enlever, sous leur tente, la part de butin d'un autre des chefs. C'est là-dessus que s'engage, entre Achille et lui, la violente querelle qui va devenir le point de départ de toute l'action poétique de l'*Iliade*.

II

La querelle d'Achille et d'Agamemnon.

Alors Achille aux pieds rapides, le regardant durement, lui parla ainsi : « Fi, ô homme vêtu d'impudence, ô lâche, comment quelqu'un des Grecs obéirait-il, d'une âme soumise, à tes ordres, soit pour tendre une embûche ou pour combattre vaillamment contre des guerriers? Quant à moi, ce n'est certes pas à cause des belliqueux Troyens que je suis venu ici pour y combattre : car, certes, ils ne se sont rendus coupables d'aucun tort envers moi! Jamais ils ne m'ont enlevé mes bœufs, ni non plus mes chevaux, ni jamais, dans la Phtie au sol profond, nourricière d'hommes, ils n'ont dévasté mes moissons, attendu qu'il y a, pour nous séparer, maintes montagnes ombreuses, et la mer retentissante. Mais c'est toi, ô très impudent, que nous avons suivi tous ensemble, afin que tu te réjouisses par notre fait, lorsque nous aurions obtenu châtiment des Troyens en faveur de Ménélas et de toi-même, ô misérable au visage de chien! Et toi, de ces choses tu n'as aucun souci, ni n'en tiens aucun compte, et voici déjà que tu menaces de m'enlever toi-même un butin pour lequel j'ai supporté bien des épreuves, et qui m'a été donné par tous les fils des Grecs! Mais maintenant je m'en retourne en Phtie, car il vaut beaucoup mieux que je rentre dans ma patrie, avec mes navires aux proues effilées! Et, en vérité, je n'entends plus que, pendant que je me trouve ici accablé d'ignominie, tu continues à te gorger de biens et de richesses ! »

Alors Agamemnon, roi des hommes, lui répondit : « Hâte-toi de fuir, si ton humeur t'y pousse ! Et ce n'est pas moi qui te prierai de rester en faveur de moi. Car auprès de moi sont d'autres hommes qui continueront à m'honorer, mais surtout j'aurai avec moi le très sage Jupiter. Quant à toi, tu m'es le plus odieux entre tous les nobles princes : car sans cesse te plaisent les querelles, et les guerres, et la lutte. Et que si, en vérité, tu es brave, ce sont les dieux qui t'ont accordé ce privilège. Donc, va-t'en dans ton pays, avec tes navires et tes compagnons, et retourne commander aux Myrmidons : mais moi, je ne me soucie point de toi, et ne tiens

II.

aucun compte de ta colère ! Et écoute la menace que je vais te faire : puisque Phébus Apollon m'enlève Chryséis, que je vais renvoyer sur mon vaisseau et sous la garde de mes compagnons, moi, en échange, je t'enlèverai la belle Briséis, ton butin, venant moi-même la saisir sous ta tente ; afin que tu saches combien je suis plus puissant que toi, et afin que tout autre chef, désormais, redoute de me parler sur ce ton d'égalité, et de se rendre semblable à moi ! »

Ainsi il parla ; et une vive douleur accabla Achille. Or, pendant qu'il roulait dans son esprit de noires pensées, voici qu'arriva Minerve, descendant du ciel. Elle s'approcha derrière Achille, et le saisit par ses cheveux rutilants, n'apparaissant qu'à lui seul, tandis que personne des autres ne la voyait. Et Achille, stupéfait, s'étant retourné, reconnut aussitôt Pallas Minerve, et les yeux de celle-ci brillaient d'une lueur terrible... Et la déesse Minerve aux yeux étincelants lui dit : « Je suis venue du ciel pour arrêter ta colère, si seulement tu veux m'obéir... Donc, mets fin à cette querelle, et que ta main ne tire pas ton glaive ; mais, en paroles, insulte-le comme il te plaira !... »

Alors le fils de Pélée, de nouveau, s'adressa à Agamemnon en paroles acerbes, car il n'avait nullement encore abandonné sa colère : « O ivrogne au visage de chien et au cœur de cerf, jamais tu n'as le courage de t'armer pour le combat avec les troupes, ni de venir aux embuscades avec les chefs des Grecs : tout cela, tu le crains autant que la mort. Et certes, il te plaît mieux, dans les vastes camps des Grecs, d'enlever son butin à quiconque t'a contredit, ô roi dévorateur du peuple !.. Mais moi, je te déclare, et en fais le grand serment par ce sceptre,... que, en vérité, tous les fils des Grecs regretteront bientôt l'absence d'Achille, et qu'alors tu ne leur serviras de rien pour les sauver, malgré tout ton chagrin, quand une foule d'hommes s'abattront, mourants, sous la main du meurtrier Hector ; et toi alors, tu déchireras ton cœur au dedans de toi-même, dans ta fureur, pour n'avoir pas honoré le plus vaillant des Grecs ! »

III

Achille invoque à son aide sa mère Thétis.

En vain le vieux Nestor essaie de réconcilier les deux chefs : tous deux quittent l'assemblée après s'être lancé de nouvelles injures ; et Agamemnon, pour se consoler de la perte de Chryséis, que le prudent Ulysse a été chargé de ramener à son père, ordonne à ses deux hérauts d'aller prendre, sous la tente d'Achille, la belle Briséis, esclave préférée du jeune héros.

Cependant Achille s'assit en pleurant à l'écart de ses compagnons, sur le rivage de la mer aux vagues blanches, les yeux fixés sur les flots infinis ; et, les mains étendues, instamment il invoqua sa mère bien aimée : « Mère, puisque tu m'as enfanté pour un espace de vie très limité, le maître de l'Olympe, Jupiter qui lance la foudre, aurait dû, tout au moins, m'accorder la faveur d'être honoré durant ce peu de temps : mais, maintenant, voici qu'il m'a même refusé la moindre part d'honneur ! Car il est trop sûr que l'Atride au vaste pouvoir, Agamemnon, m'a accablé d'ignominie : m'enlevant ma récompense, il la garde pour lui, par un outrage indigne ! »

Ainsi parla-t-il, en pleurant. Et sa vénérable mère l'entendit, assise au plus profond des flots, en compagnie du vieillard, son père. Et aussitôt elle jaillit de la mer aux vagues blanches, pareille à un brouillard ; et elle s'assit devant son fils tout en larmes, et le caressa de sa main, et lui adressa ces paroles, en l'appelant par son nom : « Mon fils, pourquoi pleures-tu, et quel chagrin s'est emparé de ton âme? Parle, mon enfant, ne cache rien au dedans de toi, afin que tous deux nous sachions ce qui en est ! »

Alors, Achille aux pieds légers lui dit en gémissant : « Tu sais déjà ce qui en est ; à quoi bon te redire ces choses, à toi qui sais tout?..... Mais toi, donc, si seulement tu le peux, viens en aide à ton fils ! Monte sur l'Olympe, et implore Jupiter, si jamais tu as réjoui son cœur par des paroles ou des actes ! Car souvent, dans le palais de mon père, je t'ai entendue te glorifiant, et disant que toi seule, parmi les immortels, as détourné la dure catastrophe du fils de Saturne, maître des tempêtes, au temps où tous les autres Olympiens voulaient l'enchaîner, et parmi eux Junon, et Neptune

et Pallas Minerve : mais toi, accourant vers lui, tu l'as délivré de ses chaines..... Rappelle-lui tout cela, et assieds-toi près de lui, et embrasse ses genoux, si, peut-être, il consent à secourir les Troyens et à repousser vers leurs navires et vers les flots ces Grecs expirants, afin que tous jouissent bien de leur roi, et que cet Atride au vaste pouvoir, Agamemnon, reconnaisse la faute commise par lui en se refusant à honorer le plus vaillant des Grecs ! »

Sur quoi Thétis, versant des larmes, lui répondit : « Hélas ! mon enfant, pourquoi t'ai-je élevé, toi que j'ai enfanté sous un destin maudit ? Plût au ciel que tu fusses resté sur ton navire, loin des larmes, et sans souffrir de dommage ! car il est trop certain que la fatalité te menace, et que ta fin n'est plus éloignée ! Tandis que, maintenant, tu es à la fois condamné à une mort prochaine et, de ton vivant, obligé à souffrir par-dessus tous les autres ! Et c'est pourquoi je t'ai enfanté sous un mauvais destin, dans notre palais ! Mais voici que je vais me rendre moi-même sur l'Olympe neigeux, afin de rapporter ce que tu me mandes à Jupiter, qui domine la foudre, pour le cas où, peut-être, il voudra m'écouter ! Quant à toi, retiré sur tes rapides vaisseaux, continue à rester irrité contre les Grecs, et abstiens-toi désormais de prendre aucune part à la guerre ! Car Jupiter s'est rendu hier jusqu'à l'Océan, chez les loyaux Ethiopiens, pour assister à un festin, et tous les dieux l'ont suivi : mais il reviendra sur l'Olympe le douzième jour, et c'est alors enfin que j'entrerai dans son palais au seuil d'airain, et l'invoquerai en le suppliant. Et j'espère bien qu'il m'exaucera ! »

Ayant ainsi parlé, elle s'éloigna, laissant Achille toujours irrité, dans son âme, à cause de la jeune fille à la belle ceinture qu'on lui avait enlevée contre son gré.

∞ IV ∞

Thersite frappé par Ulysse.

Cependant Ulysse restitue Chryséis à son père, qui obtient d'Apollon la cessation du fléau. Mais Thétis, suivant sa promesse, se rend auprès de Jupiter, et le décide, malgré les efforts de Junon, à châtier impitoyablement Agamemnon et les Grecs.

Au début du Chant II, un Songe, envoyé par Jupiter, revêt la forme du vieux Nestor, et conseille à Agamemnon d'engager aussitôt le combat, en lui promettant une victoire certaine. Agamemnon rassemble les chefs grecs, et, voulant les éprouver, leur propose de mettre à la voile pour rentrer dans leur pays. Déjà les Grecs s'apprêtent à regagner leurs vaisseaux, lorsque Ulysse, averti par Minerve, les en dissuade et les oblige à rester assis dans l'assemblée.

Or, tous les autres restaient assis en paix, sur le rivage : mais Thersite, seul, continuait à parler bruyamment, en homme incapable de se contenir, et dont l'âme était pleine de paroles abondantes et désordonnées : querellant les rois sans règle ni décence, mais aussi toujours prêt à dire tout ce qu'il prévoyait pouvoir égayer les Grecs. Celui-là était le plus scandaleux de tous les chefs venus vers Troie. Il avait les yeux louches, et boitait d'un pied, et ses deux épaules recourbées se contractaient sur sa poitrine ; et au-dessus d'elles, surgissait une tête pointue sur laquelle poussait une laine clairsemée. Mais surtout il était plein de haine contre Achille et Ulysse, et se plaisait à les attaquer. En ce moment, pourtant, c'était le divin Agamemnon qu'il accablait, à grand bruit, de ses injures. Et les Grecs le détestaient violemment, et s'indignaient dans leur âme de son impudence. Mais lui, vociférant très haut, il assaillait Agamemnon de reproches éhontés : « Atride, de quoi donc te plains-tu, et que te manque-t-il? Tes tentes sont pleines d'airain, et un grand nombre de femmes y sont aussi rassemblées, butin de choix que nous tous, les Grecs, nous te donnons tout d'abord, lorsque nous prenons une ville. Est-ce donc que tu désires encore t'approprier l'or que l'un quelconque des Troyens dompteurs de chevaux pourra apporter de sa ville pour racheter son fils, fait prisonnier par moi-même ou quelque autre Grec ? Ou bien convoites-tu quelque autre jeune

IV.

femme, afin de la garder pour toi seul? Mais il ne convient pas que celui qui est le chef des fils des Achéens les conduise à mal. O lâches Achéens, créatures honteuses, indignes du nom d'hommes, hâtons-nous de rentrer dans nos pays avec nos navires; et laissons celui-ci dans ce pays de Troie, laissons-le se gorger de son butin, pour qu'il sache si, nous aussi, nous pouvons lui être de quelque secours, ou non ! N'a-t-il pas, maintenant, déshonoré Achille, qui vaut infiniment mieux que lui?.... Mais, évidemment, la colère n'entre pas dans l'âme d'Achille, et celui-ci est devenu lâche : car, sans cela, Atride, tu ne serais plus en état d'injurier personne ! »

Ainsi parla Thersite, insultant Agamemnon, pasteur des peuples. Mais bientôt le divin Ulysse s'approcha de lui, et, le regardant sévèrement, le réprimanda en de dures paroles.... Puis, ayant fini de parler, il le frappa, de son sceptre, sur le dos et les épaules ; et Thersite courba le dos, et une larme chaude lui tomba des yeux, pendant qu'une tumeur sanglante s'élevait sur ses chairs, sous le sceptre d'or. Après quoi il se rassit et fut effrayé, et, le regard plein de honte, dans l'excès de sa peine il essuya la larme. Et tous les autres, malgré la tristesse qui remplissait leurs cœurs, se complurent à rire de lui, chacun disant à son voisin : « En vérité, Ulysse a déjà fait un nombre infini de choses excellentes, initiateur de bons avis et sans pareil pour préparer la bataille : mais maintenant ceci est, à coup sûr, ce qu'il a fait de mieux parmi nous, en contraignant cet insolent bavard à s'abstenir de ses discours injurieux ! Car jamais plus, désormais, cet esprit plein d'orgueil ne se permettra d'accabler les rois d'insultantes paroles ! »

V

Les regrets d'Hélène. La délibération se poursuit, et les Grecs, sur l'avis d'Agamemnon, prennent la résolution de tenter un dernier combat. Agamemnon, pour les encourager, leur offre un magnifique festin ; et le chant se termine par une longue énumération des principaux de ces chefs, comme aussi des chefs de l'armée troyenne et des peuples nombreux qui se sont alliés avec les Troyens.

Chant III. — Les deux armées se rangent en bataille : mais, au moment où elles vont s'attaquer, Hector leur propose, au nom de Pâris, de remplacer la mêlée générale par un combat singulier de Pâris lui-même et de Ménélas, de telle façon que le vainqueur obtienne à jamais la possession d'Hélène, unique cause de cette longue guerre.

Or, Iris se rendit en messagère vers Hélène aux bras blancs, après avoir revêtu l'apparence d'une de ses belles-sœurs, Laodicée, la plus belle des filles de Priam, qu'avait épousée le puissant Hélicaon, fils d'Anténor. Elle trouva Hélène dans sa maison, occupée à tisser un grand voile de pourpre à doubles contours, éclatant de beauté, et où elle représentait avec son fil maints combats des Troyens dompteurs de chevaux et des Grecs aux cuirasses d'airain, combats qu'ils avaient eu à soutenir à cause d'elle, sous la conduite de Mars. Et Iris aux pieds agiles, se tenant auprès d'elle, lui parla en ces termes : « Viens ici, ma chère sœur, afin que tu puisses voir les exploits admirables des Troyens dompteurs de chevaux et des Grecs cuirassés d'airain ! Eux qui, naguère, menaient entre eux des luttes meurtrières dans la plaine, avides de mortels combats, les voici maintenant assis en silence, car la guerre s'est arrêtée ; et les voici qui se penchent sur leurs boucliers, et, auprès d'eux, leurs hautes lances sont fichées en terre. Mais Pâris et Ménélas, amis de Mars, vont combattre à ton sujet avec de longues lances ; et celui des deux qui vaincra, de celui-là tu seras appelée la chère femme ! »

Ainsi la déesse parla, et ces mots éveillèrent au cœur d'Hélène un doux regret de son premier mari, et de sa cité natale, et de ses parents. Aussitôt elle recouvrit son visage d'un voile éclatant de blancheur, et sortit de sa

chambre, en versant une larme humide ; non point seule, d'ailleurs, car deux servantes la suivaient, Œthra, fille de Pithée, et la belle Clymène aux yeux de génisse. Bientôt elles arrivent à l'endroit où s'ouvrent les portes de Scées (1) ; et là sont assis Priam, et Panthoüs, et Tymoetès, et Lampus, et Clytios, et Hicétaon, rameau de Mars, et, avec eux, Ucalégon et Anténor, tous deux également sages, vénérable assemblée des aînés du peuple troyen. Leur vieillesse les a désormais obligés à renoncer aux combats ; mais tous sont d'excellents orateurs, pareils à des cigales qui, dans les bois, assises sous un arbre, font entendre leur voix suave comme le lys. Tels les aînés des Troyens se tenaient assis sur la tour ; et lorsqu'ils virent Hélène s'approcher d'eux, doucement ils se dirent l'un à l'autre, en paroles ailées : « Hélas ! nous n'avons pas le droit de nous indigner de ce que les Troyens et les vaillants Achéens souffrent depuis longtemps tant de maux à cause d'une femme telle que celle-ci ! Car, en vérité, sa figure la fait ressembler aux déesses immortelles ! Mais, avec cela, telle qu'elle est, puisse-t-elle retourner sur leurs navires, et ne plus rester ici pour notre malheur, et pour celui de nos enfants après nous ! »

(1) C'était le nom de l'une des portes de Troie.

VI

Vénus blessée par Diomède.

Priam exhorte et décide Hélène à promettre qu'elle suivra docilement le vainqueur du combat. Et bientôt celui-ci s'engage, et Ménélas est déjà sur le point d'accabler Pâris, lorsque Vénus, reconnaissante au beau jeune homme qui l'a, naguère, proclamée la plus belle, l'enlève au milieu d'un brouillard, le transporte dans son palais, et contraint Hélène à venir l'y rejoindre.

Chant IV. — Toujours désireuse de perdre les Troyens, Minerve apparaît à l'un d'entre eux, Pandarus, sous la forme d'un guerrier, et l'engage à se couvrir de gloire en blessant Ménélas; après quoi elle fait en sorte que la blessure infligée au mari d'Hélène ne réussisse qu'à effleurer ses chairs ; et le guerrier Machaon, fils d'Esculape, n'a point de peine à le remettre sur pied. Mais la tentative de Pandarus n'en a pas moins produit l'effet voulu : excités encore par les discours d'Agamemnon, les Grecs se préparent à reprendre le combat ; et d'innombrables guerriers tombent, de part et d'autre.

Chant V. — Presque tout ce chant est consacré aux exploits du vaillant Diomède, fils de Tydée. En vain Énée, fils d'Anchise, et l'audacieux Pandarus s'efforcent d'arrêter ses coups : Pandarus est tué, et Énée, blessé, périrait à son tour si sa mère Vénus ne se hâtait point de l'emporter hors du combat.

Ainsi elle emportait son cher fils hors du combat. Mais Sthénélos, le fils de Capanée, entraîna ses propres chevaux bien ferrés à l'écart du tumulte, attachant étroitement les rênes au rebord du char, et s'élança sur les chevaux magnifiques d'Énée, et les enleva aux Troyens pour les attirer vers les Grecs, et en fit présent à Déipyle, son cher compagnon, qu'il estimait par-dessus tous les autres amis de son âge, en raison de la similitude de leurs caractères ; et il lui enjoignit de les emmener vers les navires creux. Puis le héros remonta dans son propre char, reprit les rênes brillantes, et aussitôt fit avancer ses chevaux fortement ferrés afin de rejoindre Diomède.

Or, celui-ci, avec son arme impitoyable, s'était précipité sur Vénus, sachant à quel point elle était une déesse sans courage, et pas du tout de celles qui possédaient la maîtrise à combattre en guerre, — bien différente de Minerve ou d'Enyo dévastatrice de cités. Et quand il l'eut poursuivie à travers la foule épaisse et fut arrivé sur elle, alors le vaillant fils de Tydée

GONTIER

projeta sa lance acérée, et blessa la peau de la faible main de Vénus ; par-dessous le voile d'ambroisie que les Grâces elles-mêmes avaient tissé pour elle, il enfonça la pointe dans la chair, au-dessus de la naissance de la paume. Et alors coula le sang immortel de la déesse, ce fluide qui circule dans les veines des augustes dieux : car ceux-là ne mangent pas de pain ni ne boivent du vin, en conséquence de quoi ils n'ont point de sang, et sont nommés immortels. Et Vénus, avec un grand cri, laissa tomber son fils, qu'Apollon prit aussitôt dans ses bras et se hâta d'enlever au milieu d'un nuage, par crainte qu'aucun des Grecs aux chevaux agiles n'enfonçât sa lance dans la poitrine d'Énée et ne lui ôtât la vie. Mais Diomède à la voix sonore, debout sur Vénus, lui cria : « O fille de Jupiter, abstiens-toi désormais de guerre et de combats ! N'est-ce pas assez que tu séduises les faibles femmes ? Que si tu veux encore te mêler à la bataille, en vérité je te promets que tu frémiras au seul nom d'un combat, même en l'entendant de loin ! »

Ainsi il parla, et elle s'éloigna, tout étonnée et cruellement affligée ; et Iris à la démarche aérienne la saisit et l'entraîna hors de la mêlée, toujours souffrant de la plaie qui tachait sa peau merveilleuse.

Pareillement encore, Diomède frappe le dieu Mars, qui s'était jeté dans la mêlée afin de venger sa sœur. Et pendant ce temps le Troyen Hector, de son côté, abat un nombre presque égal de guerriers parmi les Grecs ; et ceux-ci risqueraient même de périr jusqu'au dernier sans l'appui infatigable que leur prête Minerve.

Chant VI. — Nous assistons maintenant à d'autres épisodes de la terrible bataille ; et, tout d'abord, Diomède, après avoir encore tué plusieurs chefs troyens, s'apprête à tourner sa fureur guerrière contre Glaucus, fils d'Hippoloche, lorsque se produit entre eux une reconnaissance imprévue.

VII

L'histoire de Bellérophon. Or, Glaucus, fils d'Hippoloche, et le fils de Tydée se rencontrèrent dans l'espace qui séparait les armées ennemies, ardents à combattre. Et comme déjà ils étaient tout proches, sur le point de se jeter l'un sur l'autre, Diomède, vaillant à la lutte, parla le premier : « Qui donc es-tu, ô le plus brave des hommes mortels? Car jamais encore je ne t'ai vu en bataille te couvrir de gloire, jusqu'ici, et voici que, maintenant, tu as dépassé de beaucoup tous les autres par ta confiance téméraire, puisque tu as osé attendre le choc de ma longue lance! Car malheureux sont les pères dont les fils affrontent ma vigueur! Mais si tu es venu du ciel, étant l'un des immortels, certes je ne combattrai point contre les dieux célestes!... »

Alors le fils glorieux d'Hippoloche lui répondit : « Magnanime fils de Tydée, pourquoi m'interroges-tu sur ma race? Telle est la race des feuilles, et telle la race des hommes. Car il y a des feuilles que le vent disperse sur le sol, mais ensuite la forêt en fait germer et en produit d'autres, qui poussent dans la saison du printemps. Et, de la même façon, telle race d'hommes naît, et telle autre finit. Mais que si tu le veux, sache donc ceci, afin de bien connaître notre lignage, car nombreux sont les hommes qui le connaissent :

« Il y a, au cœur d'Argos riche en chevaux, une cité appelée Éphyre; et là vécut Sisyphe, qui fut le plus rusé des hommes, Sisyphe, fils d'Éole; et celui-là engendra son fils Glaucus qui, à son tour, donna naissance au fameux Bellérophon. Or, à ce dernier les dieux donnèrent une beauté et une vigueur infiniment désirables ; mais Prœtus médita dans son cœur de lui faire du mal, et, étant de beaucoup le plus fort, le chassa de la terre des Argiens, car Jupiter l'avait soumis à son sceptre...

« Il l'envoya alors en Lycie, et lui donna des lettres qui devaient le perdre, ayant écrit maintes choses meurtrières sur une tablette repliée. Et il lui ordonnait de montrer cette lettre à son beau-père, afin que, par ce moyen, il pérît. Mais Bellérophon se rendit en Lycie, sous l'accompagnement favorable des dieux ; et, lorsqu'il fut arrivé en Lycie, où coule el

VII.

fleuve Xanthe, le roi de cette vaste contrée l'honora cordialement. Pendant neuf jours, il l'accueillit avec hospitalité, sacrifiant neuf bœufs en son honneur. Puis, lorsque déjà apparaissait pour la dixième fois l'aurore aux doigts de rose, alors enfin, il l'interrogea, et demanda à voir les lettres qu'il apportait de la part du noble Prœtus. Or, lorsqu'il eut reçu la lettre de son gendre, il ordonna d'abord à Bellérophon d'aller tuer la Chimère inexpugnable ; celle-ci était d'une espèce divine, et non humaine : elle avait la partie antérieure d'un lion, la partie postérieure d'un dragon, et le milieu de son corps était celui d'une chèvre ; et ce monstre exhalait un feu d'une violence dévorante. Mais Bellérophon, monté sur son cheval ailé, l'indomptable Pégase, réussit à le tuer, s'étant fié aux signes miraculeux d'en haut. En second lieu, il eut à combattre les fameux Solymes ; et il disait que c'était là le plus terrible combat de guerriers où il eût pris part. Et puis, en troisième lieu, il tua les Amazones, ces femmes toutes viriles. Or, quand enfin le roi reconnut que son hôte était un fils vaillant des dieux, il le garda auprès de soi, et lui donna sa fille, ainsi que la moitié de tout l'honneur de sa royauté. Et la femme du sage Bellérophon lui engendra trois enfants, Isandre, et Hippoloche, et Laodamie. Et son fils Hippoloche m'engendra, et c'est de lui que je me proclame né. »

Ces paroles de Glaucus touchent le cœur de Diomède, dont l'aïeul a été jadis l'ami de Bellérophon : si bien que les deux héros se jurent amitié, et que, dans un élan d'affection que le poète nous représente comme un acte de folie, Glaucus et Diomède échangent leurs armures. Cependant Hector, s'éloignant du combat, revient au palais de Priam et demande à sa mère Hécube d'offrir un sacrifice à Minerve, pour obtenir qu'elle consente à arrêter les exploits meurtriers de Diomède : sacrifice qui, d'ailleurs, ne réussit pas à toucher la déesse. En vain Hélène, après avoir maudit la fatale beauté qui la condamne à devenir l'occasion d'innombrables maux, invite le héros troyen à se reposer dans sa maison : Hector a hâte de retourner au combat, et c'est en courant qu'il traverse, de nouveau, la ville assiégée.

VIII

Les adieux d'Hector et d'Andromaque. Or, au moment où Hector, après avoir traversé la grande ville, arrivait auprès des portes de Scées, par où il se proposait de sortir dans la plaine, voici que vint vers lui, en courant, sa femme à la dot magnifique, Andromaque. La fille du généreux Aétion s'avançait vers son mari en compagnie d'une servante, et portant sur son sein un tendre enfant, le cher fils d'Hector, pareil à une belle étoile. Hector nommait cet enfant Scamandrios, mais tous les autres l'appelaient Astyanax, ou le fils du gardien de la ville. Et certes le père sourit en silence, considérant son enfant : mais Andromaque restait debout près de lui, toute pleurante, et laissait sa main s'attarder dans celle d'Hector, et lui parlait en ces termes:

« O généreux Hector, la ferveur de ton âme va causer ta perte ; et tu n'as point pitié de cet enfant, ton fils, ni de moi, infortunée, qui bien vite serai veuve de toi, car bientôt les Grecs te tueront, se jetant tous sur toi ! Et à moi, privée de toi, il vaudrait mieux être ensevelie sous terre : car aucune consolation n'existera plus pour moi, après que tu auras suivi ton destin, mais seulement des souffrances. Pour moi, en effet, il n'y a plus de père ni de mère vénérable : et ainsi, Hector, c'est toi qui es maintenant mon père et mon frère, comme aussi tu es mon mari dans la fleur de l'âge ! Donc, aie pitié maintenant, et reste ici à l'ombre des tours, afin de ne pas rendre orphelin ton enfant, ni ta femme veuve !... »

Alors le grand Hector au beau casque lui dit : « Certes, moi aussi je pense à tout cela, ma chère femme ! Mais je craindrais vivement les Troyens et les femmes de Troie portant de longues robes traînantes, si, comme un lâche, je restais à l'écart et me retirais du combat. Et mon propre cœur, pareillement, m'ordonne de sortir : car j'ai appris à être toujours audacieux, et à combattre au premier rang des Troyens. Je sais bien, en effet, dans mon esprit et mon âme, qu'un jour viendra où périra la sainte Troie, ainsi que Priam et son peuple entier. Mais la douleur que j'éprouve de cette certitude d'avenir ne me vient pas autant de mon

VIII.

souci pour les Troyens, ni pour Hécube elle-même, ni pour le roi Priam, que de mon souci pour toi, le jour où quelqu'un des Grecs cuirassés d'airain t'emmènera tout éplorée, te dépouillant de ta liberté. Et alors, demeurant parmi les Grecs, tu auras à tisser la toile sur l'ordre d'un autre, et tu porteras l'eau de la source Messeis ou de l'Hypérie, bien à contre-cœur, mais contrainte par une dure nécessité. Et un jour quelqu'un dira, en te voyant répandre des larmes: Celle-là était la femme d'Hector, qui combattait mieux que personne parmi les belliqueux Troyens quand on livrait bataille autour de Troie ! Ainsi quelqu'un dira, et ce sera pour toi une nouvelle douleur, de te sentir privée d'un tel mari qui puisse te délivrer de la servitude ! »

Ayant ainsi parlé, l'illustre Hector, de ses mains étendues, saisit son fils. Mais l'enfant se recula, avec des cris, et s'accrocha au sein de sa nourrice à la belle ceinture, épouvanté par l'aspect de son père chéri, et craignant l'airain de son casque et la crête de poils de cheval qu'il voyait se balancer terriblement au sommet de ce casque. Sur quoi le père bien-aimé et la mère vénérable se mirent à rire; aussitôt l'illustre Hector ôta de sa tête son casque, et le déposa sur le sol, où il brillait de toutes parts. Et puis, après avoir couvert de baisers son cher fils, et l'avoir caressé dans ses mains, il dit, implorant Jupiter et tous les autres dieux : « O Jupiter et les autres dieux, daignez permettre que le fils que voici devienne, comme moi, grandement éminent parmi les Troyens, et qu'il soit comme moi vaillant et fort, et puisse commander bravement au peuple de Troie, et que, un jour, on dise de lui : Celui-ci est plus grand encore que son père ! lorsqu'il reviendra du combat. Et puisse-t-il rapporter avec lui les dépouilles ensanglantées de l'ennemi qu'il aura tué, et puisse-t-il réjouir le cœur de sa mère ! »

... Ayant ainsi parlé, l'illustre Hector reprit son casque à la crête en queue de cheval ; et sa femme rentra dans sa maison, retournant souvent son regard, et versant des larmes brûlantes.

IX

La Défense de Jupiter.

Chant VII. — Insensible aux supplications des Troyens, Minerve continue à désirer leur perte : mais son frère Apollon, favorable au parti opposé, inspire à Hector l'idée de provoquer, lui-même, un des chefs ennemis en combat singulier. Le héros troyen s'avance vers l'armée grecque, et demande que le plus vaillant d'entre les chefs se mesure contre lui. Ménélas s'apprête déjà à relever ce défi, lorsqu'il en est empêché par Agamemnon ; et neuf autres guerriers s'offrent, après lui, à combattre Hector, parmi lesquels, sur le conseil du vieux Nestor, on décide de choisir celui que le sort aura désigné. Le sort échoit à l'un des deux Ajax, le fils de Télamon; et un terrible combat s'engage entre ce Grec et le chef troyen, mais sans que l'un ni l'autre réussisse à triompher de son adversaire. Alors ils se serrent la main et échangent des présents, en signe d'amitié, et puis se séparent pour rejoindre leurs armées. Dans le camp des Grecs, le vieux Nestor propose de conclure une trêve dont on profitera pour brûler les morts, leur élever un tombeau commun, et surtout pour dresser, autour du camp, un rempart entouré d'un fossé, de manière à protéger l'armée et la flotte. Pareillement Priam, sur la place publique de Troie, exhorte les Troyens à solliciter une trêve ; et un héraut envoyé par lui se rend auprès des Grecs, à qui il offre en même temps, de la part de Pâris, la restitution de tous les trésors que celui-ci a amassés dans son palais, moyennant la cessation des hostilités. Agamemnon, parlant pour tous les Grecs, rejette l'offre de Pâris, mais consent à une trêve; et le chant se termine par une description des travaux de l'armée grecque, après que celle-ci a brûlé ses morts.

Le chant VIII s'ouvre par la scène fameuse que voici :

Or, l'Aurore à la robe de safran se répandait sur toute la terre, et Jupiter maître de la foudre convoqua une assemblée des dieux sur la plus haute cime de l'Olympe aux nombreuses crêtes ; et lui-même les harangua, et tous les dieux prêtèrent l'oreille: « Écoutez-moi tous, dieux et déesses, afin que je puisse vous dire ce que me commande mon cœur, dans ma poitrine !... Quiconque de vous essaiera désormais, à ma connaissance, de porter secours aux Troyens ou aux Grecs, celui-là par châtiment ne pourra plus retourner sur l'Olympe, ou bien je le prendrai et le jetterai dans le bru-

meux Tartare, là où est le plus profond abîme sous la terre ; et alors il saura à quel point je suis le plus puissant de tous les dieux ! Allez maintenant, ô dieux, tâchez à faire une épreuve, pour vous rendre compte ! Descendez du ciel un câble d'or, et tirez-le tous, dieux et déesses : vous ne parviendrez pas à précipiter du ciel sur la terre votre souverain, si assidûment que vous y travailliez ! Tandis que moi, s'il me venait à l'idée de pousser de toutes mes forces, alors je vous entraînerais avec tout l'ensemble de la terre et des eaux : après quoi je lierais la corde autour de l'un des sommets de l'Olympe, et ainsi toutes choses resteraient suspendues dans l'air ; tant il est vrai que je suis au-dessus des dieux et des hommes ! »

Désormais, Hector, grâce à l'appui de Jupiter, recommence à répandre le carnage parmi les Grecs ; et vainement Minerve intercède pour ceux-ci, vainement Junon menace son mari d'entraver son action. Jupiter lui prédit que, le lendemain, une défaite plus cruelle encore atteindra ses protégés. Et c'est la même promesse que fait aux Troyens l'invincible Hector, lorsque, à la tombée du soir, il les rassemble sur la place de Troie, et les félicite de leurs exploits durant cette journée.

Chant IX. — Cependant les Grecs sont atterrés et frappés d'épouvante. Dans leur conseil, ce soir-là, Nestor reproche à Agamemnon sa conduite envers Achille, qui a privé les Grecs de l'appui du plus vaillant d'entre eux ; et Agamemnon, après avoir déploré sa folie, promet de donner à Achille, en plus de la belle Briséis qu'il va lui restituer, toute sorte de présents merveilleux, si le héros consent à se relâcher de sa colère. Aussitôt Ulysse et le vieux Phénix se rendent auprès d'Achille, qu'ils trouvent assis sous sa tente, occupé à chanter en s'accompagnant sur une lyre d'argent. Le héros souhaite la bienvenue à ses visiteurs, et, avant de les écouter, leur fait servir un repas fastueux.

X

Achille reçoit les envoyés d'Agamemnon.

Et lorsqu'ils eurent apaisé en soi le désir de manger et de boire, le divin Ulysse remplit une coupe de vin et la présente à Achille. « Salut, Achille ! lui dit-il. Certes, les repas magnifiques ne nous manquent pas, soit sous la tente de l'Atride Agamemnon ou ici chez toi : car de part et d'autre bien des choses nous sont offertes pour nous rassasier ; mais ce n'est point d'aimables repas que nous avons souci ! O noble Achille, nous assistons à une grande défaite, et nous sommes remplis de crainte, nous demandant si nous pourrons sauver les vaisseaux bien planchéiés ou si nous sommes condamnés à les voir périr, à moins cependant que tu veuilles revêtir de nouveau ta valeur ! Voici, en effet, que les Troyens et leurs alliés convoqués de loin ont installé leur camp auprès de nos vaisseaux et de nos remparts, et voici qu'ils ont allumé de grands feux dans leurs camps, et déclarent qu'ils ne se contiendront plus, mais feront irruption sur les noirs vaisseaux ! En même temps, Jupiter fils de Saturne lance la foudre, et leur montre des signes prospères, pendant qu'Hector, s'enorgueillissant de sa force et de l'appui du Dieu, fait rage terriblement, et ne s'inquiète de personne, homme ou Dieu, mais, envahi d'une rage immense, prie le Ciel qu'apparaisse au plus vite la divine Aurore !... Aussi ai-je grandement crainte, dans mon cœur, que les dieux ne réalisent ce dont il se vante, et que notre mauvais sort ne nous condamne à périr ici, en terre troyenne, loin d'Argos propice aux chevaux. Mais toi, lève-toi, si tu désires sauver les fils misérables des Grecs des coups mortels des Troyens ! Toi-même, plus tard, tu t'en désoleras, et aucun moyen n'existera plus de trouver un remède au mal accompli ! Et, donc, prends plutôt sur toi, pendant qu'il est temps encore, de détourner des Grecs le jour de malheur !... Consens enfin à te relâcher de ta funeste colère ! Agamemnon t'offre de dignes présents pour que tu renonces à ton irritation. Écoute-moi seulement, et je vais te dire tous les présents que, dans sa tente, Agamemnon t'a promis : sept trépieds à l'épreuve du feu, et dix talents d'or, et vingt vases excellents, et douze chevaux gras qui ont

remporté des prix par leur vitesse... Et puis il te donnera sept femmes adroites à des ouvrages précieux, surpassant en beauté le reste des femmes. Celles-là, il te les donnera, et avec elles sera aussi celle que naguère il t'a enlevée, la fille de Briseus. Toutes ces choses seront placées aussitôt devant toi ; et si, ensuite, les dieux nous accordent de dévaster la grande cité de Priam, alors tu chargeras ton vaisseau d'or et d'airain, et tu te choisiras toi-même vingt femmes troyennes, les plus belles qui se trouveront là après Hélène d'Argos. Et si nous parvenons à rentrer dans la plus riche des terres, dans Argos la Grecque, alors tu seras son fils, et il te tiendra en honneur exactement comme Oreste, son jeune fils, qui est nourri en toute abondance. Il a trois filles, dans son palais bien bâti, Chrysothémis, Laodice, et Iphigénie : tu pourras prendre, entre elles, celle que tu voudras, et l'emmener dans la maison de Pélée ; et il y ajoutera une grande dot, telle que jamais aucun homme n'en donna avec sa fille...

« Mais que si Agamemnon est trop odieux à ton cœur, lui et ses présents, veuille du moins avoir pitié de tous les Grecs en danger de périr ; et ceux-là t'honoreront comme un dieu, car en vérité tu te gagneras une gloire immense auprès d'eux. Bien plus, tu pourras aussi tuer Hector : car celui-là viendra très près de toi, dans sa folie mortelle, parce qu'il pense qu'il n'y a aucun homme comparable à lui parmi les Grecs que les vaisseaux ont amenés ici ! »

Mais ni l'éloquence d'Ulysse, ni celle du vénérable vieillard Phénix, qui l'a accompagné, ne réussissent à apaiser la rancune d'Achille. « Allez, leur déclare le héros, et rapportez la réponse que voici : Je ne veux plus songer à la guerre sanglante avant que le vaillant Hector soit parvenu jusqu'à mon camp, après avoir immolé tous les autres Grecs, et qu'il ait lancé sur mes vaisseaux la flamme dévorante ! C'est seulement près de ma tente et de mes vaisseaux que je veux éteindre à jamais la fureur guerrière d'Hector ! » Et les messagers reviennent tristement rapporter cette réponse à Agamemnon, que Diomède console en lui promettant de renouveler ses exploits dans la journée du lendemain, et d'assurer la victoire aux Grecs, malgré l'absence d'Achille.

XI

La défaite des Grecs. — Arrivée de Patrocle sous la tente de Nestor.

Chant X. — Dès cette même nuit, en effet, Diomède et Ulysse, guidés par Minerve, sortent de leurs tentes et s'avancent vers les murs de Troie : tandis que, de leur côté, les Troyens envoient l'un des leurs, Dolon, pour aller épier les mouvements des Grecs. Mais à peine est-il sorti des remparts, que Diomède et Ulysse s'élancent sur lui, obtiennent de lui des renseignements précieux sur les projets des Troyens, et finissent par le tuer, en punition de sa lâche trahison. Ils ont appris de lui, notamment, l'endroit où campaient de nouveaux alliés des Troyens, les Thraces, commandés par leur roi Rhésus : aussi se dirigent-ils de ce côté, et bientôt Rhésus est tué, et les deux Grecs ramènent au camp les magnifiques chevaux qu'ils ont enlevés aux Thraces.

Chant XI. — Le lendemain, la bataille recommence, et Agamemnon se couvre de gloire en combattant au premier rang de l'armée grecque : mais Jupiter, qui continue de suivre les détails de la rencontre, fait savoir à Hector que la victoire lui appartiendra aussitôt qu'Agamemnon, blessé, remontera sur son char. En effet, Agamemnon est blessé, au bras, par la lance de l'un des innombrables Troyens qu'il fait périr : le sang qui coule de la plaie l'oblige à rentrer sous sa tente, et Hector reprend le cours de ses exploits meurtriers. En vain Ajax, fils de Télamon, veut s'élancer sur lui : Jupiter le frappe d'une terreur soudaine, et le contraint à s'enfuir.

Ainsi ils combattaient, pareils à un feu allumé. Mais les chevaux de Nélée, tout couverts de sueur, emportèrent Nestor loin du combat, comme aussi Machaon, le berger de l'armée. Alors le noble Achille aux pieds légers l'aperçut : car Achille se tenait à la proue de son grand vaisseau, considérant la terrible mêlée de la bataille. Et aussitôt il parla à son ami et compagnon, Patrocle, l'appelant à soi d'auprès du navire. Et Patrocle l'entendit, et sortit de la tente, semblable à Mars ; et ce moment-là fut, pour lui, le commencement de son malheur.

Alors Achille aux pieds légers lui parla, et dit : « Noble Patrocle, cher à mon cœur, j'ai l'idée qu'à présent les Grecs vont venir s'agenouiller en prière devant moi, car une détresse s'abat sur eux qu'ils ne

XI.

pourront pas supporter plus longtemps. Mais toi, Patrocle cher à Jupiter, va maintenant, et demande à Nestor quel est le guerrier blessé qu'il ramène du combat ! »

Or, lorsque Nestor et son compagnon arrivèrent à la tente du fils de Nélée, ils descendirent sur le sol, et l'écuyer Érymédon détacha du char les chevaux du vieillard ; et ils essuyèrent la sueur de leurs fronts, debout devant la brise, sur le rivage, et puis entrèrent dans la tente, et s'assirent sur des sièges. Et Hécamède aux belles tresses mélangea pour eux un breuvage, Hécamède que le vieux Nestor avait emmenée comme butin de Ténédos, quand Achille s'était emparé de cette ville ; et elle était la fille d'Arsinoüs au grand cœur, et les Grecs l'avaient choisie pour Nestor parce que toujours, dans le conseil, il les dépassait tous. D'abord elle attira devant eux une belle table bien polie, et puis y posa un vase de bronze, avec de l'oignon, et du miel pâle, et du grain d'orge sacré, et à côté de ce vase elle mit une très belle coupe, que le vieillard avait rapportée de chez lui, et cette coupe avait quatre anses, et autour de chacune d'elles deux colombes d'or étaient en train de se nourrir, et cette coupe était supportée par deux pieds. Un autre homme aurait eu peine à soulever la coupe sur la table, quand elle était remplie : mais le vieux Nestor la soulevait aisément. Et dans cette coupe la jeune femme, pareille aux déesses, mélangea pour eux un breuvage avec du vin de Priamnie ; et par-dessus le vin elle y râpa du fromage de lait de chèvre, avec une râpe de bronze, et répandit sur le tout de l'orge blanche, et les engagea à boire, lorsqu'elle eut fini de préparer le breuvage.

C'est alors qu'arrive Patrocle, envoyé par Achille ; et le vieux Nestor lui fait un tableau si touchant de la détresse des Grecs que l'âme du généreux jeune homme en est toute remuée.

Chant XII. — Poursuivant le cours de ses exploits, Hector s'avance de plus en plus loin parmi les rangs des Grecs ; et bientôt les Troyens attaquent et détruisent le rempart que leurs ennemis ont élevé autour de leurs navires, deux jours auparavant. Du côté des Grecs, les deux Ajax, l'un fils d'Oïle, l'autre fils de Télamon, font inutilement des prodiges de valeur ; dans l'armée troyenne, Sarpédon, fils de Jupiter, égale en bravoure Hector lui-même : et c'est lui qui, le premier, franchit le rempart élevé par les Grecs. Ceux-ci, épouvantés, s'enfuient jusque sur leurs vaisseaux.

XII

Le sommeil de Jupiter.

Chant XIII. — Heureusement, les Grecs trouvent un appui précieux en Neptune, le dieu de la mer, qui les excite à reprendre courage, et leur promet de les assister. Grâce à lui, ils repoussent le terrible assaut des Troyens ; et lorsque ceux-ci font périr un petit-fils de Neptune, Amphimaque, le dieu, plus irrité encore, anime d'un courage intrépide le roi grec Idoménée, qui sème le carnage dans les rangs troyens.

Chant XIV. — En même temps Junon, malgré la défense de Jupiter, se résout à intervenir activement pour sauver les Grecs. Et puisque la victoire des Troyens n'est due qu'à l'appui de Jupiter, toujours assis au sommet du mont Ida, la déesse imagine d'endormir son mari, afin de pouvoir ensuite favoriser plus à l'aise ses protégés.

Alors Junon, descendant du sommet de l'Olympe, se rendit à Lemnos, la cité du divin Thoas. Là elle trouva le Sommeil, frère de la Mort, et mit sa main dans la sienne, et lui dit, en l'appelant par son nom : « Sommeil, maître de tous les dieux et de tous les hommes, si jamais tu as écouté ma parole, obéis-moi encore cette fois, et je t'en serai toujours reconnaissante ! Endors, je t'en prie, les yeux brillants de Jupiter sous ses sourcils, aussitôt que je me serai étendue près de lui. Et je te donnerai maints présents, et notamment un beau trône à jamais impérissable, un trône d'or que Vulcain le boiteux, mon propre fils, te façonnera habilement ; et sous lui sera installé un tabouret pour tes pieds ! »

Après quoi tous les deux sortirent de la citadelle de Lemnos, enveloppés de brouillard, et promptement ils accomplirent leur route. Ils arrivèrent à la montagne de l'Ida riche en fontaines, mère des bêtes sauvages, puis à Lecton où pour la première fois ils quittèrent la mer ; et tous deux ensuite passèrent au-dessus de la terre sèche, et les cimes les plus hautes des forêts s'agitaient sous leurs pieds. Enfin le Sommeil s'arrêta avant que les yeux de Jupiter l'eussent aperçu, et descendit sur un très haut sapin, où il s'assit caché par les branches, sous la forme de l'oiseau au cri perçant que, sur les montagnes, les dieux appellent Chalcis, et les hommes chouette.

Cependant Junon s'éleva rapidement jusqu'aux plus hauts sommets de l'Ida, où se tenait Jupiter l'assembleur de nuages...

Bientôt Jupiter, serrant sa compagne dans ses bras, reposait tranquillement sur le sommet de l'Ida, dompté par le Sommeil. Mais le doux Sommeil s'élança et courut vers les vaisseaux des Grecs, afin d'annoncer la nouvelle au dieu qui tient et ébranle la terre. Et bientôt il fut près de lui, et lui dit, en paroles ailées : « Hâte-toi, Neptune, viens en aide aux Grecs et donne-leur de la gloire au moins pour un petit intervalle de temps, pendant que Jupiter dormira : car j'ai répandu sur lui un sommeil plein de mollesse ! »

Ainsi il dit,... et aussitôt Neptune s'élança en avant de l'armée, et, appelant très haut les hommes du premier rang, il leur dit : « O Grecs, allons-nous, une fois encore, laisser la victoire à Hector, fils de Priam, pour qu'il enlève nos vaisseaux, et se gagne de la gloire? Allons, obéissez à mes ordres ! Armons-nous des meilleurs boucliers qui soient dans les camps, et recouvrons nos têtes de casques étincelants, et prenons en main les plus longues lances, et, ainsi préparés, avançons au combat ! »

Ainsi il parla, et les Grecs l'écoutèrent anxieusement et lui obéirent. Et ce furent les rois eux-mêmes qui les mirent en rang de bataille, tout blessés qu'ils fussent, et Ajax, et Ulysse, et Agamemnon fils d'Atrée.

XIII

La mort de Patrocle. Le divin protecteur des Troyens étant ainsi plongé dans le sommeil, Neptune et Junon ne craignent plus de prêter ouvertement leur secours aux Grecs. Désormais c'est Ajax, fils de Télamon, qui répand la terreur et la mort parmi l'armée troyenne. Hector lui-même reçoit une blessure, qui l'éloigne momentanément du combat ; ses compagnons l'emportent sur les rives du Xanthe, où il s'assoupit sur le sable, après avoir vomi un grand flot de sang. Et bientôt son armée, sous les coups des Grecs, est saisie d'épouvante, et s'enfuit en désordre.

Chant XV. — Mais, quelque temps après, Jupiter se réveille. Furieux du mauvais tour que lui a joué la déesse Junon, il promet d'apporter encore plus d'acharnement à accabler les Grecs. Sur son ordre, Neptune est forcé de se retirer loin de l'armée grecque, tandis qu'Apollon descend vers Hector, le guérit de sa blessure, et redouble son ardeur au combat. De nouveau Hector marche à la tête de ses troupes, guidé par Apollon, qui n'est visible que pour lui. Et bientôt les Grecs, impuissants à atteindre leurs ennemis, que protège l'égide du dieu, prennent peur, à leur tour, et s'enfuient précipitamment à l'abri de ce qui subsiste de leurs remparts.

Chant XVI. — Pendant que se poursuit cette mêlée terrible, le vaillant et généreux Patrocle se sent pris d'un désir passionné de venir en aide à ses compagnons grecs. Il sollicite et finit par obtenir d'Achille la permission de se joindre à eux, avec toute l'armée des Myrmidons ; et le héros consent même à lui prêter sa propre armure, avec d'affectueuses paroles où nous sentons déjà comme un regret de sa résolution de rester en dehors de la lutte.

Or Patrocle, aussitôt parvenu sur le lieu de la bataille, épouvante les Troyens, qui le prennent pour Achille à la vue de son armure ; et, grâce à lui, l'armée grecque échappe à un désastre imminent ; mais Apollon, qui continue à se tenir auprès d'Hector, s'élance sur le guerrier grec, lui assène un coup violent entre les épaules, et, l'ayant fait tomber, le dépouille de son casque et de sa cuirasse.

Alors Patrocle, dompté par la lance et par le coup du dieu, se retira parmi la foule de ses compagnons, afin d'échapper à la mort. Mais Hector, lorsqu'il vit le magnanime Patrocle reculer, blessé d'un fer aigu, s'avança tout

XIII.

près de lui jusqu'au milieu des rangs, et le frappa de sa lance dans le bas du flanc, et le fer le transperça jusqu'au fond. Et Patrocle s'abattit avec un grand bruit : et une grande tristesse accabla le peuple des Grecs. Tel un lion qui a vaincu en bataille un sanglier infatigable, après que tous deux ont combattu vaillamment sur la crête d'une montagne, auprès d'une source... tel, après avoir tué maints autres guerriers, Hector, fils de Priam, ôta la vie au vigoureux Patrocle, et le transperça de sa lance. Et, s'enorgueillissant de sa victoire, il dit en paroles ailées : « Ah ! misérable Patrocle, sûrement Achille avec toute sa valeur ne t'a servi de rien, lui qui, sans doute, t'a donné ses ordres lorsque tu venais ici tandis que lui-même restait là-bas, en te disant : « Ne reviens pas vers moi, Patrocle maître des che-
« vaux, ne reviens pas vers les vaisseaux grecs avant d'avoir arraché la
« cuirasse sanglante d'Hector, le tueur d'hommes, autour de sa poitrine ! » C'est ainsi que, sûrement, il t'aura persuadé dans ta folie ! » Alors, faiblement, le noble Patrocle lui répondit : « Tu as raison de te vanter abondamment à cette heure, Hector, car Jupiter et Apollon t'ont donné la victoire, et m'ont accablé aisément, ayant eux-mêmes enlevé mon armure de mes épaules. Mais si vingt hommes tels que toi m'avaient attaqué, tous ils auraient péri sur-le-champ, vaincus par ma lance. Et puis il y a une autre chose que je vais te dire, et garde-la soigneusement dans ton cœur : en vérité, toi-même tu n'as plus longtemps à vivre, mais déjà la mort se tient debout près de toi, et le Destin commande que tu succombes sous les mains du noble Achille, de la race d'Eaque ! »

Et, pendant qu'il parlait ainsi, l'ombre de la mort l'enveloppa. Et son âme, s'échappant de ses membres, descendit aux Enfers, tandis qu'elle gémissait sur sa destinée qui la forçait à quitter vigueur et jeunesse. Mais l'illustre Hector lui dit, lui parlant même après l'avoir vu mourir : « Patrocle, pourquoi me prédis-tu ma dernière heure? Qui sait si Achille, l'enfant de Thétis aux tresses blondes, ne sera pas, le premier, abattu par ma lance, et condamné à perdre la vie ? »

XIV

La bataille autour du corps de Patrocle.

Chant XVII. — Le poète nous décrit, dans tout ce chant, la sanglante bataille qui s'engage autour du corps de Patrocle. Ménélas et Ajax sont au premier rang des Grecs; dans l'armée troyenne, Énée accomplit des exploits merveilleux. Longtemps la lutte demeure indécise: mais, une fois de plus, Jupiter vient au secours des Troyens et leur assure la victoire. Alors Ajax, fils de Télamon, propose d'envoyer un messager auprès d'Achille, pour l'informer de la mort de Patrocle et le prier de venger son ami. La proposition est aussitôt acceptée : Ménélas se met en quête du fils de Nestor, Antilochus, qu'il sait être l'ami d'Achille.

Ainsi, de nouveau, le terrible combat s'engagea auprès des vaisseaux. Vous auriez dit qu'ils accouraient à la lutte réciproque sans l'ombre de fatigue ni de défaillance, tant ils apportaient d'ardeur à se battre. Et voici quels sentiments les dominaient, dans leurs efforts : les Grecs pensaient que jamais ils ne consentiraient à fuir devant le danger, préférant périr là ; mais le cœur de chaque Troyen espérait, dans sa poitrine, qu'il serait donné aux Troyens de mettre le feu aux navires des Grecs, et de tuer les héros ennemis. C'est avec de telles pensées qu'ils se menaçaient mutuellement.

Hector saisit la poupe d'un beau vaisseau agile à courir sur la mer, qui avait amené à Troie Protésilas, mais ne devait point le ramener dans sa patrie. Or, déjà pour la possession de ce vaisseau Grecs et Troyens se massacraient de tout près, ne recevant point à distance l'élan des arcs ni des javelots, mais debout les uns contre les autres, et tous animés d'un même cœur ; et ils combattaient avec des haches aiguisées et des hachettes à deux tranchants, et de grandes épées, et des lances effilées aux deux extrémités. Et maints beaux glaives au fourreau et à la garde sombres s'abattirent sur le sol; et la terre coulait, toute noire de sang. Mais Hector, après qu'il eut saisi la poupe, ne la relâchait plus, tenant dans ses mains la bannière qui la surmontait ; et il lançait ses ordres aux Troyens : « Apportez le feu, et, tous ensemble, d'un même mouvement, élevez le cri de guerre ! Voici que Jupiter nous a donné à tous ce jour infiniment

XIV

souhaité, le jour où nous allons pouvoir enfin nous emparer de ces navires qui, étant venus ici contre le gré des dieux, nous ont amené maintes calamités, en raison de la lâcheté de nos aînés de Troie qui me retenaient moi-même malgré mon désir d'aller combattre auprès des poupes des navires, et empêchaient notre armée d'engager ce combat ! Mais si, alors, Jupiter qui regarde de haut troublait nos esprits, c'est lui-même qui, à présent, les excite et les stimule. »

Ainsi il parla, et ses hommes se jetèrent sur les Grecs avec un redoublement d'ardeur. Et Ajax ne put point supporter plus longtemps leur assaut, pressé comme il l'était par leurs traits, mais se recula quelque peu, — croyant bien qu'il allait mourir, — jusque vers le banc des rameurs long de sept pieds. Mais là il s'arrêta, l'œil aux aguets : et toujours, de sa lance, il repoussait les Troyens des navires, aussitôt que l'un d'eux, infatigablement, en approchait la flamme ; et toujours, par de grands cris terribles, il exhortait les Grecs.

Et bientôt, furieux, il s'élança de nouveau dans la bataille, avec sa lance aiguisée. Et quiconque des Troyens s'approchait des navires creux, avec le feu enflammé, pour obéir à Hector qui les excitait, Ajax aussitôt le blessait, l'accueillant de sa lance aiguë. Douze hommes furent ainsi frappés de sa main, tout contre les navires.

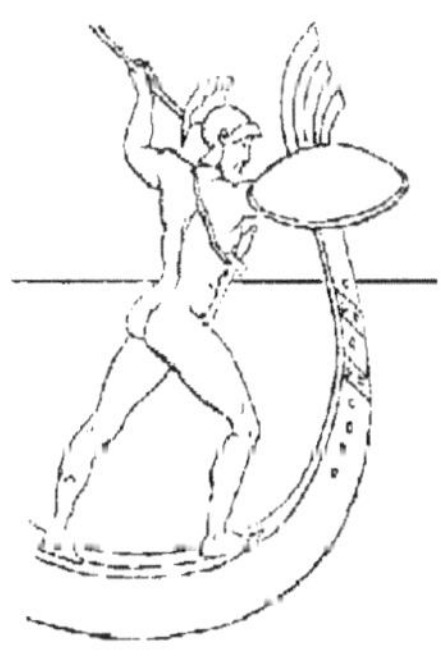

XV

La douleur d'Achille. Chant XVIII. — Ainsi les autres Grecs combattaient, semblables à une flamme ardente, cependant qu'Antilochus, messager aux pieds rapides, se rendait auprès d'Achille. Il le rencontra devant ses vaisseaux, méditant les choses déjà accomplies. Et, tout gémissant, le héros disait à son noble cœur : « Hélas, pourquoi donc les Grecs à la chevelure flottante se pressent-ils de nouveau en tumulte vers leurs navires, et se répandent-ils, en désordre, par la plaine? Puissent les dieux n'avoir pas réalisé déjà mes douloureuses craintes, ainsi qu'autrefois ma mère m'a raconté et prédit que, de mon vivant encore, le plus vaillant des Myrmidons serait ravi à la lumière du soleil par la main des Troyens! Sûrement le noble Patrocle doit être mort à présent, le malheureux! En vérité je l'avais averti de revenir auprès des vaisseaux lorsqu'il aurait repoussé l'ennemi, et de ne pas engager le combat avec Hector! »

Pendant qu'il roulait ces pensées dans son esprit et son cœur, voici que vint l'aborder l'illustre fils de Nestor, répandant des larmes brûlantes, et Achille apprit de lui la triste nouvelle... Aussitôt un nuage noir de douleur l'enveloppa tout entier; et, saisissant de ses deux mains une poignée de poussière sombre, il la renversa sur sa tête, et en salit son gracieux visage, et des cendres noires s'attachèrent à sa brillante tunique. Et lui-même gisait dans la poussière, étendu de toute sa longueur, et, de ses propres mains, il bouleversait et arrachait ses cheveux. Et les servantes qu'Achille et Patrocle avaient obtenues en butin poussaient des cris véhéments, dans la tristesse de leur cœur, et accouraient autour du vaillant Achille, et toutes se frappaient la poitrine de la paume de leurs mains, et leurs membres harmonieux s'affaissaient de douleur. De l'autre côté, Antilochus gémissait, répandant des larmes, et tenant les mains d'Achille; et il soupirait, dans son cœur glorieux, car il craignait que le héros ne se tranchât la gorge, du fer de son épée.

Terriblement Achille se désolait ; et sa vénérable mère l'entendit, assise dans les abîmes des flots auprès du vieillard, son père. Aussi poussa-t-elle

XV.

un cri d'angoisse ; et toutes les déesses s'assemblèrent autour d'elle, toutes les Néréides qui habitaient les profondeurs de la mer...

Et la déesse Thétis sortit de sa grotte, et les nymphes l'accompagnèrent en pleurant, et, autour d'elles, les ondes de la mer s'écartaient. Et lorsqu'elles arrivèrent auprès de Troie au sol fécond, elles allèrent le long du rivage, jusqu'à l'endroit où les vaisseaux des Myrmidons se dressaient, en masse épaisse, autour du rapide Achille.

Achille se plaint à sa mère du coup nouveau qui vient de l'accabler. Déjà il s'apprête à courir au lieu du combat, pour venger sur Hector la mort de Patrocle. Mais Thétis obtient de lui qu'il ajourne sa vengeance jusqu'au lendemain, en lui promettant de lui apporter, pour remplacer son armure qu'il a prêtée à Patrocle, d'autres armes plus magnifiques, qu'elle va commander à Vulcain.

Cependant Achille s'avance en dehors du rempart élevé par les Grecs ; et le grand cri qui jaillit de sa poitrine, à trois reprises, suffit pour semer l'effroi et la confusion dans l'armée troyenne. Celle-ci s'éloigne du champ de bataille, permettant aux Grecs de reprendre possession du corps de Patrocle, sur lequel Achille jure de ne point procéder aux funérailles de son ami avant d'avoir rapporté sous sa tente les armes et la tête d'Hector.

Puis nous assistons à l'entretien de Thétis avec Vulcain, qui s'engage à lui forger aussitôt la nouvelle armure de son fils. La description de cette armure est considérée à bon droit comme l'un des passages les plus intéressants de l'*Iliade*, et mérite d'être citée ici presque tout entière.

XVI

Le bouclier d'Achille. Vulcain fit d'abord un bouclier grand et fort, qu'il orna sur toute sa surface et entoura d'un triple bord resplendissant, en y adaptant, au dehors, un baudrier d'argent. Ce bouclier lui-même avait cinq replis, et nombreux et divers sont les sujets que le dieu y représenta, avec sa science subtile. Car il y figura la terre, et le ciel, et la mer, et le soleil infatigable, et la lune dans son plein, et les vagues de l'océan, ainsi que tous les astres dont le ciel est couronné, les Pléiades, et les Hyades, et la Force d'Orion, et l'Ourse, que l'on appelle aussi du surnom du Chariot, et qui tourne dans les mêmes lieux, en regardant Orion, mais qui, seule, n'a point de part aux bains de l'Océan. Et il y figura aussi deux cités très belles, animées d'un grand concours d'hommes.

Dans l'une se célébraient des noces et des festins solennels. A la lumière de flambeaux, on conduisait par la ville les fiancés, hors de la chambre nuptiale; et on invoquait l'Hyménée, et de jeunes danseurs se mouvaient en cercle, et, parmi eux, des flûtes et des cithares résonnaient, tandis que des matrones, chacune debout sous le portique de sa maison, admiraient le spectacle. Dans l'assemblée, la foule se pressait en abondance, et là un débat était soulevé, où deux hommes étaient en conflit au sujet de l'expiation du meurtre d'un autre homme. L'un des deux affirmait avoir payé toute l'amende, soutenant sa cause devant le peuple, tandis que l'autre déclarait n'avoir rien reçu. Or, tous deux désiraient trancher leur querelle auprès de l'arbitre ; et des citoyens, prenant le parti de l'un et de l'autre, acclamaient celui qu'ils favorisaient. Les hérauts retenaient les mouvements de la foule, et les anciens se tenaient assis dans l'enceinte sacrée, sur des pierres polies. Et, prenant dans leurs mains les sceptres des hérauts, à tour de rôle ils émettaient leurs avis. Au milieu gisaient deux talents d'or, pour être donnés à celui qui exprimerait la meilleure sentence.

Autour de l'autre cité, deux armées nombreuses faisaient un siège, étincelantes d'armures. Et une double opinion se partageait leur faveur :

XVI.

ou bien de détruire la ville, ou bien de diviser en deux parts tous les biens que contenait en soi la belle cité. Mais les habitants de celle-ci ne cédaient pas encore : ils s'armaient en secret pour des embûches, tandis que leurs femmes chéries et leurs fils encore enfants, debout sur les remparts, gardaient la cité ; de même aussi, les vieillards se trouvaient là. Mais les autres habitants de la ville allaient et venaient ; et ils avaient pour chefs Mars et Pallas Athéné, tous les deux ciselés en or, vêtus de manteaux d'or, et très beaux et très grands avec leurs armures, remarquables de loin, comme il convenait à des dieux, cependant que les mortels étaient d'apparence plus humble. Or, lorsqu'ils furent parvenus à l'endroit qui leur avait paru favorable pour l'embûche, auprès d'un fleuve où tous les troupeaux venaient boire, ils s'arrêtèrent là, revêtus d'airain étincelant. A l'écart d'eux, ensuite, deux espions se tenaient assis, observant de quel côté ils verraient venir les moutons et les bœufs aux cornes recourbées. Et bientôt le troupeau s'avançait, et deux bergers le suivaient, qui se divertissaient avec leurs flûtes, sans pressentir le piège. Mais les autres, dès qu'ils les apercevaient, s'élançaient sur eux ; et bientôt on voyait s'abattre de tous côtés les troupeaux de bœufs et les beaux groupes de blanches brebis, et, en même temps, les soldats tuaient aussi les bergers. Or, lorsque les habitants entendaient ce grand tumulte auprès des bœufs, aussitôt, s'étant tenus assis jusque-là devant les tribunes, ils montaient sur leurs chevaux, et rapidement accouraient ; et bientôt, étant arrivés, ils livraient bataille auprès de la rive du fleuve, et des hommes s'y frappaient les uns les autres avec des lances d'airain. Là régnaient la lutte, et le tumulte, et le destin mortel, qui saisissait tel homme déjà fraîchement blessé, tel autre encore intact, ou bien en traînait un autre par les pieds, tué dans le massacre. Et la robe que cette figure de la Mort portait sur les épaules était toute rougie du sang des hommes. Et ces images d'airain semblaient s'agiter comme des êtres vivants, et combattaient, et traînaient réciproquement les cadavres des ennemis tués.

꩜ XVII ꩜

Le bouclier d'Achille (Suite).

Et Vulcain représenta également sur ce bouclier une terre molle, grasse, nouvellement labourée pour la troisième fois ; et de nombreux laboureurs y mouvaient leurs jougs çà et là, retournant le sol. Et quand ils arrivaient à la limite du champ, alors un homme, s'approchant d'eux, leur remettait en main une coupe de vin doux, tandis que d'autres s'en retournaient le long des sillons, désireux de parvenir à la limite du champ profondément creusé. Et ce champ semblait noircir sur l'arrière, et était tout semblable à une vraie terre labourée, bien que tout cela fût en or ; et c'était assurément un merveilleux prodige...

De même encore Vulcain avait figuré, sur le bouclier, une belle vigne dont les rameaux pliaient sous les grappes noires, tout cela travaillé dans l'or ; et des pieux d'argent soutenaient la vigne. Autour d'elle, le dieu avait fait courir un fossé d'émail, entouré lui-même d'une haie d'étain ; et un unique sentier y conduisait, par lequel les vignerons pouvaient aller, lorsqu'ils auraient à cueillir les grappes. Et des jeunes filles et des garçons, rayonnant de joie enfantine, portaient le doux fruit dans des paniers tressés. Et, au milieu d'eux, un jeune garçon faisait d'agréable musique sur une viole aux sons clairs, et chantait, sur cet accompagnement, un doux chant, d'une voix délicate, tandis que les autres agitaient leurs pieds en cadence avec la musique et le chant...

Et l'illustre dieu boiteux avait encore imaginé une danse pareille à celle que, un jour, dans la vaste Cnosse, Dédale avait ciselée pour Ariane aux belles tresses. On y voyait des jeunes garçons et des jeunes filles qui dansaient, se tenant par la main. Les jeunes filles étaient revêtues de lin délicat, et les garçons portaient des tuniques bien tissées, qui brillaient faiblement comme de l'huile. De belles guirlandes couronnaient les jeunes filles, et leurs compagnons avaient des épées d'or, suspendues à leurs baudriers d'argent. Et on les voyait courir en rond, de leurs pieds agiles, avec une légèreté merveilleuse, comme lorsqu'un potier, assis auprès de son tour bien ajusté entre ses mains, le met en branle pour essayer s'il

peut tourner parfaitement ; ou bien aussi les groupes se séparaient, et on voyait les danseurs courir en files au-devant les uns des autres. Et une nombreuse compagnie se tenait joyeusement autour de l'aimable danse ; et, parmi eux, un divin ménétrier faisait de la musique sur sa lyre, pendant qu'au milieu d'eux, donnant le rythme, deux danseurs tourbillonnaient.

Et aussi Vulcain figura, autour de la bordure extrême de ce bouclier façonné avec art, la force immense du fleuve Océan....

Or, quand il eut achevé ce bon bouclier grand et fort, il fit également pour Achille une cuirasse plus brillante que la flamme d'un feu ; et il lui fit aussi un casque massif pour s'adapter à son front, un casque pesant et splendide, qu'il surmonta d'une crête d'or ; et il lui fit encore des cnémides de souple étain.

Et ainsi, lorsque l'illustre dieu boiteux eut achevé toute l'armure, il la prit et la déposa devant la mère d'Achille. Et elle, pareille à un faucon, descendit de l'Olympe neigeux, emportant les armes étincelantes faites par Vulcain.

∞ XVIII ∞

La plainte de Briséis. Chant XIX. — Après avoir reçu de sa mère sa nouvelle armure, Achille se rend à l'*agora*, ou assemblée des Grecs : il se réconcilie solennellement avec Agamemnon, et promet de prendre part à la bataille qui va s'engager. Agamemnon s'empresse de lui restituer son esclave Briséis, en même temps qu'il fait porter sous sa tente de magnifiques présents. Et le poète nous décrit l'arrivée de Briséis auprès du corps de Patrocle.

Mais Briséis, ensuite, pareille à Vénus aux cheveux d'or, lorsqu'elle aperçut Patrocle blessé par le fer aigu, se jeta sur lui en poussant des lamentations sonores, tandis que, de ses mains, elle lacérait sa poitrine et sa tendre gorge et son beau visage. Et cette mortelle semblable aux déesses s'écria : « Patrocle, ô toi cher entre tous à mon cœur infortuné, je t'ai laissé vivant lorsque j'ai quitté cette tente ; et maintenant, ô prince du peuple, voici que je te retrouve mort en y revenant ! Tant il est vrai que, pour moi, toujours un malheur succède à un autre. Car d'abord mon époux, à qui m'avaient confiée mon père et ma vénérable mère, je l'ai vu frappé de l'airain aigu devant les remparts de notre cité ; et mes trois frères, que ma propre mère avait enfantés, mes frères chéris ont également rencontré déjà leur dernier jour. Mais toi, lorsque le rapide Achille a tué mon mari et détruit la cité du divin Minos, tu ne voulais pas même me laisser pleurer, et me disais que tu ferais de moi la femme très glorieuse du divin Achille, et que vous m'emmèneriez sur vos navires jusque dans la Phtie, où vous me prépareriez un festin de noces parmi les Myrmidons. Aussi pleuré-je insatiablement ta mort, ô toi toujours plein de douceur ! »

Ainsi elle parla, en pleurant, et les jeunes filles gémissaient, en apparence déplorant la mort de Patrocle, mais en réalité chacune s'affligeant de ses propres douleurs. Cependant, autour d'Achille lui-même, s'étaient assemblés les principaux des Grecs, conjurant le héros de prendre quelque nourriture. Mais lui s'y refusait toujours, en soupirant. « Je vous en prie, disait-il, si quelqu'un de vous consent à m'écouter, mes chers compagnons, ne m'ordonnez point de rassasier mon cœur en mangeant ou en buvant :

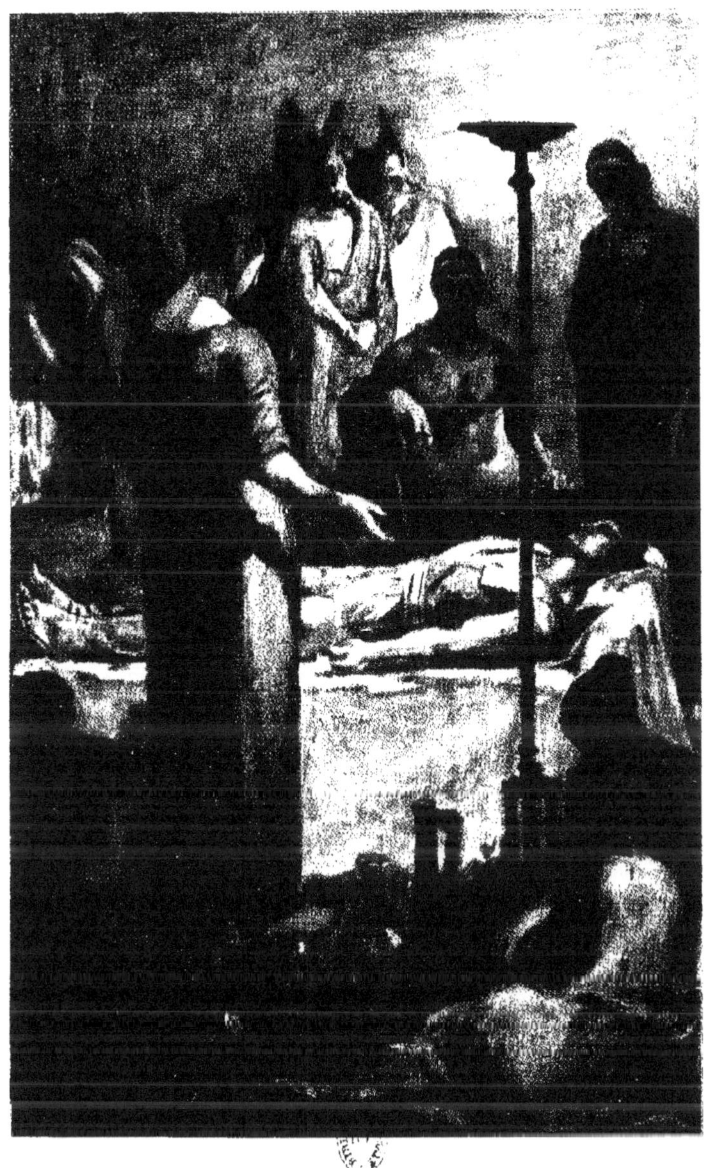

XVIII.

car une grande douleur me possède. Et jusqu'au soleil couchant je veux rester ainsi, continuant à souffrir jusque-là ! »

Ayant ainsi parlé, il congédia les autres rois. Seuls restèrent auprès de lui les deux Atrides, et le noble Ulysse, Nestor, Idoménée, et le vieil écuyer Phénix, ne cessant point de le consoler dans sa tristesse ; mais en aucune façon ils ne purent réconforter son cœur avant qu'il fût rentré dans le gouffre de la guerre sanglante. Et, se ressouvenant, il poussa de profonds gémissements, et s'écria : « Toi aussi, ô infortuné, le plus cher de mes amis, c'était toi qui, naguère, t'empressais de faire servir dans notre tente un repas savoureux, lorsque les Achéens avaient hâte d'engager la guerre déplorable contre les Troyens dompteurs de chevaux ! Mais maintenant tu gis, tout meurtri, et mon corps est privé de nourriture et de boisson, tant est vif mon regret de t'avoir perdu ! Non, jamais je n'eurais pu souffrir angoisses plus cruelles, pas même si j'apprenais le meurtre de mon père, qui peut-être, à cette heure, dans notre Phtie, verse une larme tendre, dans son regret d'un fils bien-aimé, pendant que moi, chez un peuple étranger, à cause de la détestable Hélène, je mène la guerre contre les Troyens ; et pas même si j'apprenais la mort de ce fils chéri que l'on élève pour moi dans Scyros, si du moins la chance veut qu'il soit vivant encore, ce Néoptolème semblable aux dieux ! »

XIX

La lutte d'Achille et du fleuve Scamandre.

Chant XX. — Le combat recommence, et tout de suite Achille fait sentir aux Troyens sa valeur invincible. En vain Énée se risque à vouloir arrêter sa marche meurtrière : le bouclier d'Achille résiste à ses flèches, et le fils d'Anchise n'est sauvé de la mort que par l'intervention de Neptune, qui l'entoure d'un brouillard et l'enlève du champ de bataille. Hector lui-même ne doit son salut qu'à un prodige semblable, accompli par Apollon. Et le chant tout entier n'est rempli que de l'énumération des guerriers royenst qui tombent sous les coups du fils de Pélée.

Chant XXI. — Ayant refoulé les Troyens jusque sur le rivage du fleuve Scamandre, où un grand nombre d'entre eux périssent noyés, Achille tue encore l'un des plus jeunes fils de Priam, Lycaon, en le précipitant dans les eaux du fleuve. Alors celui-ci, désireux de venger la foule des Troyens victimes du héros, se gonfle, bouillonne, et essaie d'engloutir Achille. Ainsi s'engage le célèbre combat du héros grec et du fleuve troyen.

Les genoux d'Achille s'élevèrent en sursaut tandis qu'il s'élançait droit contre le flot ; et le fleuve au large cours ne put le retenir, tant était grande la force que Minerve avait jetée en lui. Mais le Scamandre, lui non plus, ne relâcha point sa violence, et, avec plus de fureur encore, il se précipita contre le fils de Pélée. Soulevant très haut ses ondes, il les dressait en l'air, et exhortait son confluent le Simoïs, en lui criant : « Frère chéri, il faut que, tous les deux, nous nous hâtions de briser la force de cet homme, puisqu'il veut détruire au plus vite la grande cité du roi Priam, et que déjà les Troyens n'osent plus rester dans la bataille. Empresse-toi donc de me venir en aide, et remplis mes flots des eaux de tes sources, et excite tous tes torrents, et soulève une grande vague, et provoque un grand fracas de troncs d'arbres et de pierres, afin que nous puissions vaincre cet homme terrible qui déjà maintenant commence à triompher, et ose affronter des exploits qui le rendent pareil aux dieux! Mais, je l'affirme, ni sa force ne le servira, ni sa beauté, ni ces armes magnifiques qui bientôt s'enfonceront quelque part au plus profond de mon lit, recouvertes de boue ; et

XIX.

lui-même, je l'envelopperai de mes sables et lui donnerai pour tombe une masse de débris, de façon que les Grecs ne puissent pas recueillir ses os, tant je le couvrirai de limon! Et c'est là qu'il aura son sépulcre, sans avoir besoin désormais que les Grecs creusent de la terre pour l'ensevelir! »

Ainsi il parla, et tumultueusement il se précipita sur Achille, se dressa très haut, bouillonnant d'écume, et de sang, et de corps d'hommes morts. Bientôt une vague pourprée du fleuve issu de Jupiter se pressa, très haute, et saisit le fils de Pélée. Mais Junon poussa un grand cri, craignant beaucoup pour Achille, et redoutant que le grand fleuve au lit profond ne finît par l'accabler ; et aussitôt elle s'adressa à Vulcain, son cher fils : « Lève-toi, Vulcain, mon fils,... hâte-toi d'accourir à l'aide, et d'allumer une grande flamme ! Et moi, je vais aller exciter une violente tempête du fond de la mer, qui puisse consumer les Troyens ! »

Ainsi parla Junon, et Vulcain prépara un immense incendie. Tout d'abord le feu brûlait dans la plaine, consumant les nombreux cadavres qui gisaient là entassés, abattus par la main d'Achille ; et toute la plaine était dévastée... Puis ce fut contre le fleuve que Vulcain tourna sa flamme éclatante. On voyait brûler les ormes, et les saules, et les tamaris, et déjà flambaient le lotus et les joncs, et les souchets, qui croissaient en foule autour du courant aimable du fleuve. Et les anguilles et les poissons étaient consumés, qui vivaient dans le tourbillon de l'eau, nageant çà et là au milieu des belles ondes : tout cela accablé sous les coups du sage Vulcain. Et le fleuve puissant brûlait aussi, et il finit par implorer Vulcain en ces termes : « O Vulcain, aucun des dieux ne saurait te résister ; et moi-même, à plus forte raison, je ne veux point lutter avec toi, qui portes ce feu dévorant ! Renonce à ce combat, et que le divin Achille chasse bientôt les Troyens de leur cité ! Qu'ai-je à faire de lutter et de les secourir? »

Vainqueur du Scamandre, Achille se remet à poursuivre ce qui reste de l'armée troyenne, et finit par la contraindre à rentrer dans ses remparts.

XX

Les parents d'Hector le supplient d'éviter le combat.

Chant XXII. - Ce chant, l'un des plus importants du poème, a pour sujet le glorieux combat des deux héros, Achille et Hector. Ce dernier, une fois de plus, résiste aux prières des siens, qui le supplient de ne pas affronter une rencontre trop inégale.

Ainsi Achille mouvait rapidement ses pieds et ses genoux, s'élançant vers les murs de Troie comme un cheval vainqueur qui court légèrement par la plaine. Et le premier qui l'aperçut fut le vieux Priam ; il le vit tout resplendissant, et s'avançant dans la plaine comme cette étoile qui s'élève en automne, et dont on voit les rayons briller d'un vif éclat parmi les autres étoiles, dans la nuit, et que les hommes appellent le Chien d'Orion. Et certes aucune autre étoile n'est plus brillante que celle-là : mais elle est un signe funeste, et apporte une grande fièvre aux malheureux mortels. Ainsi brillait la cuirasse d'airain autour de la poitrine d'Achille, pendant qu'il courait ; et le vieux Priam gémissait hautement, et se frappait la tête de ses mains levées ; et, avec bien des cris douloureux, il appelait et implorait son cher fils : car celui-ci se tenait debout, devant les portes, avec un désir infatigable de livrer combat à Achille. Et le vieillard, étendant ses mains vers lui, lui disait, pour l'apitoyer : « Hector, mon cher fils, pour l'amour de moi ne reste pas ainsi, seul et loin des autres, à attendre cet homme, afin de ne pas t'exposer à une mort prochaine : car Achille te tuera, étant beaucoup plus fort que toi ! Hélas ! pourquoi les dieux ne l'aiment-ils pas de la même façon que moi ! Car, en ce cas, les chiens et les vautours auraient vite fait de le dévorer sur le champ de bataille, et ainsi une douleur cruelle s'effacerait de mon cœur, lorsque je verrais périr celui qui m'a privé déjà de nombreux et vaillants enfants, les uns tués, d'autres transportés en captivité vers des îles lointaines... Mais si même deux autres de mes fils, Lycaon et Polydore, que je ne vois plus parmi les Troyens, sont morts également, leur perte ne causera au reste du

XV.

peuple qu'un chagrin plus court si seulement toi, mon Hector, tu ne péris point sous la main d'Achille ! Viens, mon fils, rentre à l'intérieur du rempart, afin de sauver ainsi les hommes et les femmes de Troie, et de ne pas offrir un grand triomphe au fils de Pélée, et de ne pas être, toi-même, privé de la douce vie ! Aie compassion, également, de moi, devenu impuissant pour agir, mais qui puis encore sentir la douleur !... »

Ainsi parlait le vieillard, et, saisissant ses cheveux blanchis, il les arrachait de sa tête, mais sans pouvoir persuader le cœur d'Hector. Puis la mère de celui-ci, à son tour, gémissait avec des larmes, détachant les plis de sa robe, pendant que, de l'autre main, elle montrait sa poitrine ; et, parmi ses pleurs, elle lui parlait en paroles ailées : « Hector, mon enfant, considère ce sein et prends pitié de moi, si jamais tu as puisé la consolation dans ma poitrine ! Rappelle-toi cela, mon cher enfant ; et fuis cet homme ennemi, en rentrant dans les murs, et ne reste pas ainsi pour l'attendre, ô infortuné ! Car s'il te tue, ce ne sera point sur un lit que moi-même, ni ta femme, riches de présents, nous pourrons te pleurer, mon enfant bien-aimé que j'ai enfanté de mes flancs : mais, bien loin de nous, auprès des vaisseaux des Grecs, les chiens rapides dévoreront tes chairs ! »

Ainsi tous deux, en gémissant, parlaient à leur cher fils, l'implorant grandement : mais toujours ils ne réussissaient pas à fléchir l'âme d'Hector, et toujours celui-ci attendait Achille, qui s'approchait avec sa force de géant.

XXI

La mort d'Hector. Cependant Hector, dès qu'il voit Achille s'avancer sur lui, est saisi de frayeur, et s'efforce de fuir. Mais Achille « aux pieds légers » l'a vite rejoint. Il ne permet pas que d'autres guerriers grecs lui enlèvent le plaisir de sa victoire en frappant son adversaire. Et voici que Minerve, par une ruse suprême, se présente à Hector sous les traits d'un de ses frères, Déiphobe, et lui promet de s'associer avec lui pour accabler Achille. Le chef troyen reprend courage, se retourne, et affronte son ennemi.

Alors Hector tira l'épée aiguisée qui lui pendait sur le flanc, grande et terrible ; et il s'élança, pareil à un aigle volant très haut qui descend dans la plaine, parmi des nuées obscures, pour ravir un tendre agneau ou un lièvre timide. Tel s'élançait Hector, brandissant son épée aiguisée ; et Achille s'élançait en même temps, le cœur rempli d'une vigueur farouche ; et sous son bouclier il tendait sa belle poitrine, tandis que son casque étincelant s'agitait, et que se mouvait, autour de lui, la crinière d'or épaisse que Vulcain avait posée sur sa crête... Ainsi Achille élevait dans sa main droite la pointe acérée, méditant d'accabler le divin Hector, et considérant son beau corps pour chercher l'endroit où il pourrait le mieux le frapper. Or, sur tout le reste de ce corps, la chair était recouverte de la belle armure de bronze qu'Hector avait enlevée au vaillant Patrocle après l'avoir tué ; mais il y avait une ouverture à l'endroit où la clavicule sépare les épaules du cou, endroit par où la destruction de la mort pénètre le plus vite. Et c'est cet endroit que frappe de sa lance le noble Achille, en se précipitant, et la pointe pénètre jusqu'au fond, à travers la gorge délicate. Cependant la lance terrible ne tranche pas le gosier, de telle sorte que le mourant peut encore parler. Mais il tombe parmi la poussière ; et le divin Achille s'enorgueillit de sa victoire : « Hector, tu pensais sans doute, en tuant Patrocle, que nul danger ne te menaçait ; et de moi, qui étais absent, tu n'avais nul souci, ô insensé !... Et maintenant les chiens et les oiseaux vont te déchirer honteusement pendant que, lui, les Grecs l'enseveliront avec honneur ! » Alors, d'un souffle déjà défaillant, Hector au casque étincelant lui dit :

GONTIER

« Par ta vie, et tes genoux, et tes parents, je te conjure de ne pas me laisser dévorer par les chiens des Grecs, auprès des navires, mais d'accepter les présents d'airain et d'or que te donneront mon père et ma vénérable mère, et, en échange, de leur rendre mon corps, afin que les Troyens et les femmes de Troie puissent m'honorer d'un bûcher après ma mort ! »

Mais Achille aux pieds rapides lui répondit, avec un regard terrible : « Ne me supplie pas, chien, ni par mes genoux, ni par mes parents ! Je voudrais que ma force et mon courage me permissent, en quelque manière, de lacérer et de manger ta chair crue, en échange du mal que tu m'as fait ! Tant il s'en faut que personne puisse éloigner les chiens de ta tête ; pas même si l'on apportait dix fois et vingt fois plus de rançon, avec promesse d'en offrir plus encore ; et pas même si Priam, le fils de Dardanus, voulait te racheter au poids de l'or, pas même à ce prix ta vénérable mère ne pourrait te pleurer étendu sur un lit, toi qu'elle a enfanté ; mais les chiens et les oiseaux te déchireront tout entier ! »

Alors Hector, mourant, lui dit : « En vérité je te connais bien, et je ne pouvais pas m'attendre à te persuader : car sûrement tu as en toi un cœur de fer ! Mais prends garde maintenant que, d'une certaine manière, je ne devienne pour toi la cause de la colère des dieux, ce jour où Pâris et Phébus Apollon te feront perdre la vie, malgré toute ta vaillance, devant la porte de Scées ! »

Il finit de parler, et l'ombre de la mort s'étendit sur lui, et son âme s'échappa de ses membres et s'envola aux Enfers, pleurant son sort, abandonnant sa vigueur et sa jeunesse. Et le divin Achille parla encore à son cadavre : « Meurs ! dit-il. Et quant à moi, en échange de ta mort j'accepterai mon destin, quand il plaira à Jupiter et aux autres dieux immortels de me faire périr ! »

XXII

Les lamentations d'Andromaque. Du haut des murs de Troie, Priam, Hécube, et d'autres témoins du combat se lamentent en assistant à la mort du héros troyen. Et bientôt la femme d'Hector, Andromaque, à son tour, est instruite du malheur qui vient de la frapper.

Lorsqu'elle parvint aux remparts, où se trouvait un groupe nombreux, elle s'arrêta, et jeta son regard alentour ; et voici qu'elle reconnut son mari traîné devant les murs, car des chevaux rapides l'emportaient impitoyablement vers les navires creux des Grecs. Aussitôt une nuit obscure enveloppa les yeux d'Andromaque, et elle tomba en arrière, et parut avoir rendu l'âme. Loin de sa tête elle rejeta les magnifiques bandeaux, le réseau, le ruban entrelacé, et le voile que lui avait donné Vénus aux cheveux d'or, le jour où le vaillant Hector au casque étincelant l'avait emmenée hors de la maison d'Aétion, après lui avoir offert une dot immense. Autour d'elle s'empressaient ses belles-sœurs et les femmes des frères d'Hector, la soutenant dans leurs bras, mortellement affligée. Mais enfin elle respira de nouveau, et un peu de vie revint dans sa poitrine ; alors, parmi de grands cris de douleur, assistée par les femmes troyennes, elle s'écria

« O Hector, malheur à moi ! Nous sommes nés, tous les deux, pour le même destin, toi dans la maison de Priam, à Troie, et moi, dans Thèbes située sous le mont Placus couvert de forêts, dans la maison d'Aétion qui m'a élevée depuis la première enfance. Père infortuné d'une fille infortunée, plût aux cieux qu'il ne m'eût pas enfantée ! Car voici maintenant que tu t'en vas vers les demeures de Pluton, sous les lieux cachés de la terre, et que tu me laisses à mon triste deuil, veuve dans notre maison ! Et voici que l'enfant que nous avons enfanté, toi et moi, fils de parents infortunés, voici que ni toi-même, Hector, ne pourras lui être d'aucun service, puisque tu as cessé de vivre, ni lui ne pourra l'être pour toi ! Que si même il échappe à la guerre meurtrière des Grecs, toujours la peine et les douleurs lui seront réservées dans l'avenir, car d'autres hommes lui enlèveront son héritage. Le jour où un enfant devient orphelin, il est mis à part de ses égaux,

XXII.

et son cœur se remplit de tristesse et ses joues se mouillent de larmes... Ainsi, tout pleurant, notre fils reviendra vers sa mère, rendue veuve, ce cher Astyanax qui, naguère, ne voulait point d'autre place que les genoux de son père pour manger la moelle et la chair grasse des moutons ; et lorsque le sommeil l'envahissait, et qu'il s'interrompait de ses jeux enfantins, alors il dormait doucement niché dans les bras de sa nourrice, après avoir rempli son cœur de plaisir ; mais maintenant, privé de son père bien-aimé, combien de maux il aura à souffrir, cet Astyanax que les Troyens ont appelé ainsi parce que toi seul, ô Hector, tu défendais leurs portes et leurs longues murailles ! Et quant à toi, maintenant, auprès des navires à la pointe recourbée, loin de tes parents, les vers rampants te dévoreront après que les chiens se seront rassasiés de tes chairs nues ; et cependant, dans ta maison, tant de vêtements gisent, destinés à ton usage, des vêtements délicats et beaux, tissés par les mains des femmes ! Certes, je vais consumer tout cela dans un feu que j'allumerai, puisque tu ne pourras plus en faire usage ni t'en revêtir ; et je veux que, du moins, ce bûcher s'élève en ton honneur, sous les yeux des hommes et des femmes de Troie ! »

Ainsi elle parlait, parmi ses larmes ; et toutes les femmes gémissaient autour d'elle.

XXIII

Les funérailles de Patrocle. Chant XXIII. — Tout ce chant est consacré à la description des funérailles de Patrocle, et des fêtes organisées à cette occasion. Trois fois, d'abord, les Myrmidons défilent autour du cadavre avec leurs chevaux. Puis un grand repas les réunit, et ils se séparent pour la nuit, en attendant la solennité qui doit avoir lieu dès l'aube suivante. Cependant Achille s'est étendu tristement au bord de la mer, et bientôt il voit apparaître devant lui l'ombre de Patrocle, qui lui dit :

« Tu dors, Achille, et tu m'oublies ! Vivant, en vérité, tu ne me négligeais point ; mais à présent que je suis mort, il faut que tu m'ensevelisses au plus vite, afin que je puisse franchir les portes de Pluton! Des âmes, ombres de défunts, m'en repoussent au loin, et ne me permettent pas de me mêler à elles au delà du fleuve funèbre, si bien que vainement j'erre le long du palais de l'Hadès aux larges portes. Donc, je t'en supplie, secours-moi : car je ne pourrai pas retourner aux Enfers avant que tu aies livré mon corps au bûcher ! Et jamais plus, parmi les vivants, nous ne pourrons nous asseoir ensemble à l'écart de nos compagnons, pour échanger nos avis : car le destin odieux m'a englouti, qui était réservé pour moi dès le jour même de ma naissance. Et toi aussi, ô Achille égal aux dieux, à toi aussi le destin ordonne de périr sous les murs des généreux Troyens. Et je te dirai encore une autre chose, et te demanderai une autre faveur, pour le cas où tu veuilles m'écouter : ne dépose pas mes ossements à part des tiens, Achille, mais laisse-les reposer ensemble, de même que nous avons été nourris ensemble dans le palais de ta famille, lorsque mon père m'a amené, encore tout enfant, d'Oponte dans ton pays, à cause d'un meurtre déplorable, le jour où, imprudent, j'ai tué involontairement le fils d'Amphidamas, m'étant fâché au jeu des dés. Alors ton père Pélée, ce cavalier sans pareil, m'ayant accueilli dans sa maison, m'a soigneusement nourri et m'a nommé ton page ; et de même je voudrais que, maintenant encore, une seule urne renfermât nos ossements, cette amphore d'or que t'a donnée ta mère vénérable ! »

XXIII.

Ce qu'ayant entendu, Achille aux pieds légers lui répondit : « O mon frère aimé, pourquoi es-tu venu ici et me mandes-tu tous ces détails ? Certes j'accomplirai diligemment tout ce que tu désires, et t'obéirai comme tu l'ordonnes ! Mais toi, reste près de moi, afin que, pour un moment du moins, nous tenant embrassés, nous puissions nous délecter mutuellement de notre douleur pitoyable ! »

Ayant ainsi parlé, il étendit ses mains, mais ne put rien saisir : car l'âme de Patrocle disparut sous terre, comme une fumée, avec un faible murmure ; et Achille se leva, stupéfait, et se tordit les mains, et prononça ces paroles désolées : « En vérité, il est sûr que, jusque dans les demeures des Enfers, il reste une certaine âme et un certain simulacre, encore que toute vie en soit absente ! Car pendant cette nuit, l'âme du malheureux Patrocle est venue près de moi, pleurant et se lamentant, et m'a recommandé le détail de ce que je devais faire ; et cette ombre était merveilleusement semblable à mon ami lui-même ! »

Cependant l'aurore se lève, et des envoyés d'Agamemnon apportent le bois destiné au bûcher. Sur celui-ci Achille dépose le corps de Patrocle, entouré de nombreuses amphores d'huile et de miel. Puis il jette également sur le bûcher quatre de ses plus beaux chevaux et deux de ses chiens ; et puis il immole douze jeunes Troyens prisonniers, « car, avoue le poète, il a résolu dans son esprit cette mauvaise action ». Il voudrait même faire dévorer par ses chiens les restes d'Hector : mais les chiens en sont empêchés par l'intervention de Vénus. Enfin le feu a accompli son œuvre : Achille recueille dans une urne les cendres de Patrocle, et donne l'ordre de procéder à la course des chars. Chacun des épisodes de cette course nous est raconté longuement, ainsi que les querelles que soulève l'attribution des prix parmi les guerriers grecs. Et la fête se poursuit bruyamment jusqu'à la tombée du soir.

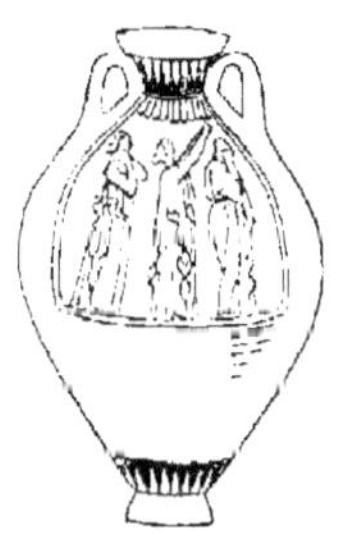

XXIV

Priam rachète à Achille le corps de son fils.

Chant XXIV. — Une fois de plus, le poète nous transporte dans l'assemblée des dieux, où Apollon reproche aux protecteurs des Grecs la façon dont ils permettent à Achille d'outrager le cadavre de sa victime. Jupiter, qui déplore également la défaite du héros troyen, demande à Thétis de tâcher à fléchir le cœur d'Achille; et la déesse obtient en effet de son fils que Priam soit admis à reprendre le corps d'Hector, moyennant une grosse rançon. Aussitôt le vieux Priam est instruit de cette décision : il fait rassembler de nombreux présents, en remplit son char, et se dirige vers la tente d'Achille.

Celui-ci venait d'achever son repas, où il avait mangé et bu, et une table se dressait même encore à côté de lui. Et Priam, s'approchant, prit dans ses mains les genoux d'Achille, et couvrit de baisers ses lourdes mains meurtrières, qui lui avaient tué un grand nombre de fils... Et Achille fut saisi de surprise en voyant le divin Priam, et les autres s'étonnèrent aussi, et se regardèrent réciproquement. Et Priam, suppliant, dit à Achille :

«O Achille semblable aux dieux, souviens-toi de ton père, qui a le même âge que moi, déjà sur le pénible chemin de la vieillesse! Peut-être lui aussi a-t-il, quelque part, des voisins qui le menacent, sans que personne puisse détourner de lui le malheur ! Et cependant, lorsqu'il apprend que tu es en vie, il se réjouit dans son cœur, et espère, jour après jour, qu'il verra son fils chéri revenir de Troie. Mais moi, infiniment malheureux, après avoir engendré les plus vaillants guerriers de toute la grande Troie, me voici condamné à déclarer que plus un seul d'entre eux ne me reste. J'avais cinquante fils, lorsque sont arrivés ici les enfants des Grecs. Or, le dieu impétueux de la guerre m'en a fait périr un grand nombre; mais celui qui désormais restait seul pour moi, et qui gardait la cité et tous les siens, celui-là, tu l'as tué maintenant pendant qu'il combattait pour sa patrie, — cet Hector à cause de qui je viens vers les navires des Grecs, afin de le racheter de toi, en t'apportant de nombreux présents! Mais toi, Achille, aie révérence pour les dieux, et prends pitié de moi, en te souvenant de

XXIV.

ton père ! Hélas ! combien je suis plus misérable que lui, ayant eu à subir ce que n'a jamais encore subi aucun autre homme terrestre, c'est-à-dire de devoir étendre ma main, en suppliant, vers la bouche du meurtrier de mes fils ! »

Ainsi il parla ; et Achille fut ému de douleur à la pensée de son père ; et, touchant la main du vieillard, il l'écarta avec douceur. Et ainsi tous les deux se rappelaient et pleuraient. Mais lorsque le divin Achille se fut rassasié de chagrin, et que son regret se fut allégé dans son cœur et ses membres, aussitôt il se leva de son siège, et, avec sa main, releva le vieillard, ayant pitié de sa tête blanche et de sa barbe blanche...

Et le fils de Pélée s'élança hors de sa maison, pareil à un lion ; il appela ses servantes, et leur ordonna de laver et de parfumer Hector, après l'avoir transporté à l'écart, de manière que Priam ne pût point regarder son fils, par crainte que, à cette vue, son cœur endolori ne réussît point à contenir sa colère, et que le cœur d'Achille n'en fût vexé jusqu'à vouloir le tuer, Et ainsi, quand les servantes eurent lavé le corps, et l'eurent frotté d'huile, et l'eurent couvert d'un beau manteau et d'une tunique, alors Achille lui-même le souleva et le posa sur une litière, et puis ses compagnons et lui-même le transportèrent dans le char de Priam...

Et après que les mulets eurent amené le cadavre d'Hector dans sa magnifique demeure, on le déposa sur une couche richement ornée, et auprès de lui on plaça des pleureurs, qui entremêlaient à leurs gémissements des chants désolés. Et au premier rang se tenaient les femmes troyennes. Parmi elles, Andromaque d'abord, toute vêtue de blanc, commença le deuil, en tenant dans ses mains la tête d'Hector, le vaillant tueur d'hommes :

« O mon cher mari, tout jeune encore tu as succombé, me laissant veuve dans ta maison, avec cet enfant que nous avons mis au monde, toi et moi, couple infortuné ! Et je ne pense pas que lui-même parvienne à la puberté avant que cette cité soit détruite de fond en comble. Car voici que tu as péri, toi qui la gardais, et qui protégeais les épouses vénérables et les jeunes enfants ! Bientôt, sans doute, les femmes troyennes seront emmenées sur des navires creux, et moi-même avec elles. Et quant à toi, mon fils, ou bien tu me suivras dans un lieu où tu auras à accomplir des travaux humiliants, peinant sous les yeux d'un maître sans douceur ; ou bien quelqu'un des Grecs s'emparera de toi, et te tuera, dans sa colère, attendu que, peut-être Hector aura tué son frère, ou son père, ou bien même son fils. Car certes nombreux sont les Grecs qui ont péri par la main d'Hector. Ton père, mon enfant, n'était pas doux dans les tristes combats ; et c'est pourquoi le peuple, à présent, le pleure lui-même, par toute la ville. O Hector, tu as infligé à tes parents un deuil et une douleur funestes : mais c'est à moi que tu as laissé la plus lourde peine ! Car tu n'as même pas pu, en mourant, étendre ta main vers moi, ni me dire une sage parole dont il me soit permis de me souvenir désormais nuit et jour, parmi mes larmes ! »

Puis nous entendons la mère d'Hector, Hécube, et la trop belle Hélène, cause première des malheurs de Troie, et Priam lui-même adresser des paroles d'adieu au héros troyen. Après quoi, en quelques vers qui terminent l'*Iliade*, le poète nous décrit les funérailles d'Hector.

TABLE DES MATIÈRES

ET DES GRAVURES

INTRODUCTION V

1. Invocation. — La colère d'Apollon..... 1
2. La querelle d'Achille et d'Agamemnon..... 4
3. Achille invoque à son aide sa mère Thétis 6
4. Thersite frappé par Ulysse..... 8
5. Les regrets d'Hélène..... 10
6. Vénus blessée par Diomède..... 12
7. L'histoire de Bellérophon..... 14
8. Les adieux d'Hector et d'Andromaque 16
9. La défense de Jupiter..... 18
10. Achille reçoit les envoyés d'Agamemnon 20
11. La défaite des Grecs. — Arrivée de Patrocle sous la tente de Nestor 22
12. Le sommeil de Jupiter 24
13. La mort de Patrocle..... 26
14. La bataille autour du corps de Patrocle 28
15. La douleur d'Achille 30
16. Le bouclier d'Achille..... 32
17. Le bouclier d'Achille (*suite*) 34
18. La plainte de Briséis 36
19. La lutte d'Achille et du fleuve Scamandre 38

20. Les parents d'Hector le supplient d'éviter le combat........................ 40
21. La mort d'Hector.. 42
22. Les lamentations d'Andromaque 44
23. Les funérailles de Patrocle 46
24. Priam rachète à Achille le corps de son fils 48

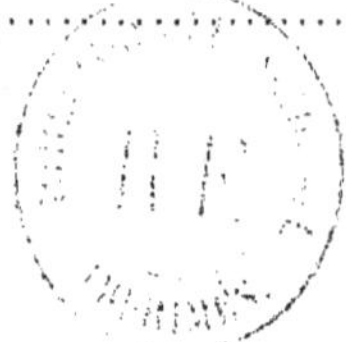

9970-11. — Corbeil. Imprimerie Crété.

H. LAURENS,
PARIS.

www.ingramcontent.com/pod-product-compliance
Lightning Source LLC
LaVergne TN
LVHW012021220826
846092LV00001B/441

9782329756912